EcoloMe

terre vivante

Depuis 1979, la Scop **Terre vivante** vous fait partager ses expériences en matière d'écologie pratique : jardinage bio, habitat écologique, alimentation saine, bien-être, consommation responsable, etc. à travers :

- l'édition de livres pratiques ;
- le magazine *4 saisons ;*
- des jardins écologiques proposant des stages pratiques ;
- un site Internet : **www.terrevivante.org**

Livre éco-conçu

Terre vivante a réalisé en 2010 la première analyse du cycle de vie (ACV) d'un livre en France.
Cette étude nous a permis d'identifier les impacts de la fabrication d'un livre sur l'environnement, dans l'objectif de les limiter. ***Fabriquer des livres, quels impacts sur l'environnement ?*** sur **www.terrevivante.org**

Le papier choisi pour cet ouvrage est issu de pâte vierge produite écologiquement en Europe, à partir de forêts gérées durablement.

Ce livre est de plus imprimé en France, par un imprimeur soucieux de préserver l'environnement à travers des actions d'économie d'énergie, de valorisation des déchets, d'utilisation de produits moins nocifs pour la santé des travailleurs...

Le catalogue des ouvrages publiés par Terre vivante est disponible sur simple demande et sur Internet.

Terre vivante
Domaine de Raud, 38710 Mens
Tél. 04 76 34 80 80
info@terrevivante.org — www.terrevivante.org

Direction éditoriale : Brigitte Michaud
Coordination éditoriale : Fabienne Vaslet
Suivi de projet : Yvonne Lambert-Bissuel
Création graphique et couverture : David Cosson (dazibaocom.com)
Réalisation intérieur : lenormographe.fr
Photographies : Amandine Zajakala, Johan Zajakala, Amandine Fahy,
Shutterstock / Alexwilko (p. 108)
Photogravure : C'limage
Fabrication : Marie Décamps

ISBN : 978-2-36098-600-2 – ISSN : 2108-9515

Amandine Zajakala

EcoloMe

EcoloMe

- de déchets + de budget !

terre vivante

SOMMAIRE

Préface

Experte, engagée, extrêmement généreuse, c'est tout sauf un hasard si Amandine est aujourd'hui une amie de cœur, de travail. Je l'admire, tout simplement. Elle représente des valeurs si essentielles dans ce monde bousculé, chahuté, consommé de toute part. Chacune de nos discussions me recentre sur la capacité que nous avons tous à faire des miracles de notre quotidien. Des astuces, de l'organisation, des connaissances, des changements, parfois des bouleversements, des idées toujours novatrices et si pertinentes qui transforment petit à petit chacun de nos gestes. C'est juste dingue comme elle pense à tout ce à quoi on n'aurait jamais pensé ! Et que dire de son potager ! C'est ma passion première et, même sur ce sujet, je suis bluffé par autant de compétences partagées et récoltées.
Amandine témoigne aussi de la force des femmes, la force de celles qui travaillent doublement au quotidien. Celles qui essaient en plus de le faire avec du cœur, de le faire bien, tout simplement. Et être bien, plus encore aujourd'hui, c'est être en cohésion avec sa famille, son environnement, sa maison, soi-même. Produire le moins de déchets possible, dépenser raisonnablement, valoriser chaque miette alimentaire, chaque bout de tissu, chaque récolte, chaque personne... c'est la symbolique de toute une philosophie de vie qui nous rapproche d'un bonheur, d'un geste à deux mains pour demain.
Vous tenez entre vos mains le premier ouvrage de quelqu'un de grand, qui vous fera grandir, soyez-en certain. Prenez ces précieux conseils et voyez comment les intégrer dans votre maison, dans votre famille, sans aucune pression. Parce que oui, c'est une dernière et précieuse qualité que j'apprécie tellement chez Amandine. Elle ne vous fera jamais culpabiliser de vos faits et gestes, consciente que notre société de consommation, de travail, semble parfois difficilement compatible avec des gestes EcoloMiques. Mais les petits ruisseaux font les grandes rivières et une recette appliquée sur quarante sera déjà un sacré acte positif. Sans compter qu'avec ses idées novatrices, je sais d'avance que c'est bien plus qu'une recette qu'elle vous fera adopter. Attention, chamboulement en vue à la maison !
Merci EcoloMe, merci Amandine, pour ton boulot de dingue, ton sourire bienveillant et ton amitié si précieuse. Je sais que tu as tout donné pour tes lecteurs et je me permets en leur nom de te dire juste merci pour tout ce travail.

Olivier Puech
Auteur de la chaîne Youtube « Le potager d'Olivier » et du livre
Le potager d'Olivier, nourrir sa famille, nourrir son esprit (Terre vivante, 2020).

Avant-propos

Je m'appelle Amandine, j'ai 29 ans, je suis mariée et j'ai deux enfants.

J'ai grandi à la campagne et je suis depuis toujours passionnée de nature, de cuisine, de jardinage, de « fait maison », d'animaux et de travaux manuels. Aussi loin que je m'en rappelle, mes plus beaux souvenirs sont ceux-ci.

Des framboises du jardin mangées à même le plant au ramassage des œufs encore tièdes dans le poulailler de mes grand-parents paternels, chez lesquelles nous fabriquions même notre jus de pomme, en passant par la récolte des pommes de terre, des haricots et des cerises chez mes grand-parents maternels…

J'ai aussi eu la chance d'avoir, durant toutes mes années de primaire, un instituteur très sensible à la nature, qui a su me transmettre ce respect pour l'environnement.

Pourtant, durant des années, je n'écoute pas mon instinct, je ne suis pas mes envies. Je consomme de façon « traditionnelle », au sein d'un foyer où mes proches font de même depuis toujours.

Les années passent et c'est à l'âge de 18 ans que je rencontre Johan qui deviendra mon mari, l'amour de ma vie. Deux ans plus tard, nous emménageons ensemble et je suis désormais libre de faire mes propres choix. Nous commençons par un système de consommation classique, au supermarché, mais préférons rapidement modifier cela par une petite promenade hebdomadaire au marché. Je découvre alors qu'il y a une saison pour les fruits et légumes, et même pour le miel, les moules ou les huiles ! Que, en principe, tout n'est pas toujours disponible tout le temps. Nous consommons de l'alimentation conventionnelle, parfois même venue du bout du monde, mais peu à peu, inconsciemment, nous progressons vers une alimentation désindustrialisée. Je prépare des petits plats maison, de plus en plus de desserts et découvre le plaisir de manger frais, ainsi que celui de faire par soi-même.

Dès le premier printemps de notre vie commune, je rêve de gratouiller la terre. Nous sommes installés dans un appartement au Havre mais pour moi, rien n'est impossible à qui est vraiment motivé. Finalement, je tente ma première expérience de jardinage sur le balcon de notre chambre, dans une petite serre en tube et bâche plastique. Quelques jardinières de fraisiers, de radis et de salades et je suis au paradis ! Mon grand-père m'a donné un plant de tomates cerise et je m'extasie chaque jour de voir son développement !

Je me vante alors de nourrir mon couple en fruits et légumes – en gros… trois repas sur toute l'année ! Je suis bien loin de penser à l'autonomie alimentaire à ce moment-là, mais je suis juste trop fière d'apprendre, d'essayer et de savoir me débrouiller. Tout de même, quelle magie que celle de la vie, de la nature, des graines ! Fabriquer soi-même sa nourriture, c'est se sentir si puissant et en même temps si humble. Cette passion pour le jardinage ne me quittera plus jamais.

Tandis que nous rêvons de nature, d'espace et de campagne, nous voulons aussi fonder une famille. Je tombe enceinte de notre premier enfant alors que nous sommes encore dans notre appartement du Havre, et sur le point de nous marier.

Et là, c'est toute ma vision de la vie qui est remise en question. Tout ce que je crois savoir, tout ce que je pense vouloir est chamboulé par cette nouvelle vie qui se prépare. Très vite, je réfléchis à mon alimentation. Je me renseigne et instinctivement, je comprends que tout ce que j'ingère finit dans le sang qui construit mon fils.

Alors je change, radicalement. Alimentation exclusivement bio, maquillage naturel, produits de soin et d'hygiène à la composition contrôlée. Oubliée ma passion pour le nail art ! Et je fuis toutes les sources de pollution comme la fumée de cigarette ou les dégagements d'odeurs nocives.

Sauf que nous continuons à consommer de manière traditionnelle (supermarché et surconsommation). Et là... aïe aïe aïe, la facture est salée ! En effet, transposer un mode de vie de surconsommation vers un mode de vie sain, bio, local, vertueux, toussa... Ce n'est pas du tout une bonne idée au niveau du budget ! Très vite, nous réalisons que cette alimentation n'est pas à notre portée. Nous retournons au supermarché pour faire nos courses. Mon mari, déjà rétif à ce changement, n'est pas du tout convaincu et c'est bien normal, nous nous y sommes mal pris. Je me résigne, en lui accordant que tout manger bio, ce n'est pas pour nous. Je tente quand même de glisser du bio dans le caddie par-ci par-là, mais si peu...

En 2015, nous achetons notre première maison dans la campagne normande. Point essentiel pour moi : la possibilité de faire un beau potager. Bingo ! La voilà, la clé du (plus que) bio à moindre coût !

Dès notre arrivée en août, je m'attelle à créer cet espace, que je souhaite le plus productif possible. Je sème des carottes, des épinards, des radis noirs, je repique des choux, des poireaux, des salades et je sème 6 m de radis. Ceux qui savent, savent... 6 m linéaires de radis, pour deux, ça fait un peu beaucoup trop de radis ! Je ne me démonte pas et m'inscris sur mon tout premier groupe Facebook de jardinage au naturel. J'y apprends avec surprise que les fanes de radis se consomment. Qu'à cela ne tienne, je tente la soupe de fanes !

C'est une véritable découverte culinaire et culturelle pour moi et je décline les fanes des radis en cakes puis en quiches. Des ailes me poussent dans le dos et je commence à goûter les fanes des betteraves, puis celles des carottes... De fil en aiguille, je commence à découvrir l'étendue des possibilités d'une alimentation que l'on produit soi-même.

Johan, d'abord sceptique sur le fait d'avoir un potager, ne sera convaincu que l'année d'après, au début du printemps, avec les premiers épinards. Puis à l'été, après avoir croqué les toutes premières tomates du jardin. Ils m'auront bien aidée, ces légumes, eux et leur goût divin, tellement différent de l'industriel. Les premiers petits pots pour notre bébé, 100 % autonomes, finissent de convaincre Johan. Que ce soit mon amoureux ou notre entourage, je comprends alors qu'il me faudra convaincre par les actes et non par les mots.

Alors qu'il se refuse encore (plus pour très longtemps, ha ha !) à mettre les pieds au jardin et que mes parents me conseillent de retourner la terre au motoculteur, je commence à m'intéresser à la permaculture. Je lis, je lis, je lis et lis encore. Je m'intéresse, je me documente, je regarde des vidéos. J'emmène mon petit mari avec moi assister à une conférence, puis je vais visiter la ferme permacole du Bec Hellouin, dans l'Eure. Je rencontre beaucoup de gens passionnés et passionnants. Je progresse, j'évolue et j'achète ma première botte de paille à un agriculteur du coin, surpris par ma démarche. Je la charge dans notre petite voiture citadine et Johan, dubitatif, lâche cette phrase d'anthologie : « Ça y est, c'est foutu, on a une ferme maintenant ! » Mais c'est trop tard, je suis mordue, dévorée d'envie de découverte, de savoir et d'expérience.

Je mets en place mon petit « permapotager ». Pourquoi ce terme ? Je le nomme ainsi parce que je n'ai pas l'audace de penser que je fais de la permaculture, certains puristes me jetteraient des pierres si je le présentais ainsi, mais je sais que je ne fais pas du jardinage traditionnel non plus. J'aime ce terme, car il montre ma tolérance et ma bienveillance envers les différentes façons de faire et de penser. Peu importe le domaine, je n'aime pas l'extrémisme – par exemple, je déteste quand on me fait remarquer un déchet ou une activité polluante, tout simplement parce que je ne suis pas extrême, je ne suis pas parfaite ! Ça me semble difficile de l'être, voire impossible.

C'est alors que l'inattendu se produit, mon mari commence à s'y mettre, non plus parce que je lui demande un coup de main, mais bien parce que ça lui parle, ça l'appelle, lui aussi. On commence à prendre du plaisir à faire à deux au permapotager et je le remercie régulièrement de ses efforts en lui mitonnant ses plats préférés (aux légumes du jardin bien sûr !). De fil en aiguille – avec mon fils de 6 mois dans sa balancelle d'extérieur que je pousse entre deux semis de rangs de carottes –, je commence à me dire qu'un jour, mon rêve sera d'être autonome en légumes.

C'est à cette période que je tombe enceinte de ma fille, alors que mon fils n'a que 6 mois. Nous avons toujours

voulu avoir des enfants très rapprochés, dans l'idéal des jumeaux, mais puisqu'on ne choisit pas, nous aurons finalement des Grumeaux (des faux faux jumeaux, en somme). Cette merveilleuse nouvelle s'accompagne aussi d'un questionnement économique : comment survivre financièrement à l'arrivée d'un second bébé alors que notre choix consiste à ce que Johan travaille seul à l'extérieur et que je reste sans travail (rémunéré) pour m'occuper des enfants et de la maison ?

Il nous faut alors faire des choix et je commence à noter chaque astuce économique que je peux mettre en place au sein de notre foyer. Toujours plus de fait maison et de cuisine antigaspi mais surtout, un jour, dans le rayon d'un supermarché, une nouvelle révélation. Alors que je place, comme chaque semaine, des boîtes de mouchoirs jetables dans mon caddie, je me fais cette réflexion : avec certaines de nos habitudes, nous jetons directement à la poubelle une partie de notre argent. Je compte notre budget mensuel, puis annuel, pour les mouchoirs, l'essuie-tout, les cotons démaquillants… Ça, plus ça, plus ça, plus ça : j'ai compris, il faut arrêter d'acheter pour jeter ! Remettre un peu de bon sens dans notre quotidien devient vital à mes yeux.

Je reviens du supermarché avec mes boîtes de mouchoirs (en attendant de trouver une solution) et mes nouvelles idées. Mon amoureux, décontenancé par l'annonce que je viens de lui faire, me confie sa crainte du jugement des autres, mais il accepte d'essayer. Finalement, geste après geste, c'est toute la maison qui passe progressivement au lavable plutôt qu'au jetable.

Forte de ce nouveau combat, de ces nouvelles victoires, je songe à préparer moi-même mes produits ménagers, et c'est en cherchant sur Facebook des groupes dans la même démarche que je prends connaissance du mouvement zéro déchet, alors à son commencement. Je me rends immédiatement compte que ce mode de vie désigne tout le cheminement, toute la logique (familiale, sanitaire, économique et écologique) que je suis en train de mettre en place. Tout devient plus facile, le mouvement prend de l'ampleur et il a un nom même si, bien sûr, tout reste à faire.

Au fur et à mesure que je prends mes marques dans ces nouvelles habitudes (toute une éducation à déconstruire et une autre à apprendre), je fais des émules autour de moi. Régulièrement, des amis, des proches, des voisins, des collègues me demandent ma recette, mon astuce, pour ci ou ça.

Plus je passe de temps à aider les autres dans leur propre cheminement, plus je me dis qu'il faut que je mutualise ces renseignements. C'est alors que je décide de chercher un lieu où je pourrai faire bénévolement des conférences et des ateliers. La première conférence a lieu en 2017, dans la recyclerie du quartier où je me rends pour faire mes achats de seconde main. En découleront une vingtaine de conférences et d'ateliers où je fais de plus en plus d'adeptes. Je monte en parallèle une page Facebook intitulée « Ma vie en mode zéro déchet, cuisine et diy », pour qu'un maximum de personnes puissent se retrouver et échanger autour de mes astuces, et profiter continuellement de soutien et d'idées, en dehors de mes interventions. Finalement, au bout d'une cinquantaine d'interventions bénévoles dans toute la Normandie, je décide de créer mon entreprise de conseil en problématique environnementale et en développement durable : EcoloMe.

EcoloMe est un jeu de mot trouvé par mon boute-en-train de mari, entre écologie et économie. J'ai immédiatement apprécié et adopté ce nom, également clin d'œil au « moi » anglais (*me*) : deviens écolo avec moi.

Trois ans plus tard, vous êtes des dizaines de milliers à me suivre quotidiennement et à apporter vos témoignages sur votre évolution et vos progrès. Je suis tellement heureuse et fière de mon parcours, d'avoir eu le courage et de vous emporter avec moi dans cet élan vertueux. Merci pour votre soutien, merci pour vos idées, merci pour votre motivation, merci de vouloir, vous aussi, agir plutôt que subir.

Pour l'humain, pour la vie, pour la faune, la flore, pour l'eau, la planète, pour nos enfants et leur avenir.

Merci d'agir. ❤

Amandine Zajakala

Graines de Sésame

RECETTES DE CUISINE ET ZÉRO DÉCHET

POTION magique

Bocal en verre • Chinois • Casserole • Couteau

Préventive et curative, cette « potion magique » – que je surnomme ainsi pour ses vertus et ses bienfaits –, est un véritable concentré des plus puissants remèdes naturels. Elle convient donc parfaitement pour les petits maux de l'hiver.

Chaque ingrédient – bio, évidemment – a été choisi pour les vitamines et les minéraux qu'il contient, ainsi que pour ses nombreux pouvoirs : antiseptique, énergisant, vivifiant, anti-inflammatoire, antibiotique, antiviral, antistress, antitussif, antidépresseur, antibactérien, stimulant, sédatif et même… aphrodisiaque (allez hop, ça ne peut pas faire de mal !).

Choisissez le miel pour ses propriétés et en fonction de vos besoins. Par exemple : miel d'acacia ou de lavande pour calmer la toux, miel de châtaignier, de thym ou de romarin pour lutter contre les infections respiratoires, miel de montagne ou miel de sapin pour prévenir ou guérir les maladies hivernales grâce à leur puissant pouvoir antiseptique.

POUR 1 LITRE DE POTION

- 500 ml de miel liquide
- 1 grosse racine de gingembre
- 2 citrons jaunes
- 5 bâtons de cannelle
- 5 badianes (ou anis étoilé)
- 10 clous de girofle
- 3-4 morceaux de curcuma
- 20 graines de poivre noir (ou 1 c. à café si c'est du poivre moulu)
- 1 branche de thym
- 1 branche de romarin

1. Lavez puis séchez les citrons, le gingembre et le curcuma.
2. Coupez-les en tronçons de 2 cm et enlevez les pépins du citron. L'ensemble des ingrédients étant bio, il n'y a pas besoin de les éplucher ! Mettez-les tous dans le miel liquide.
3. Laissez infuser pendant au moins une semaine pour bien profiter des bienfaits de ce macérat mielleux.
4. Après 2 à 3 semaines, filtrez le mélange à l'aide d'un chinois et conservez ce macérat dans un placard à l'abri de la lumière et des variations de température (il se conserve plusieurs mois).
5. Quand vous voulez boire votre potion magique, prélevez-en 1 à 2 cuillères à soupe et diluez-les dans de l'eau tiède (ça vous fera une délicieuse infusion, douce, sucrée et parfumée), dans une compote ou dans un jus d'oranges fraîchement pressées :
   – en préventif, consommez-en 1 à 2 fois par jour ;
   – en curatif, consommez-en aussi souvent que vous en éprouvez le besoin.

À savoir

Dans certains cas, comme pour les enfants de moins de 6 ans, les femmes enceintes, les personnes avec des problèmes cardiaques, de coagulation sanguine ou de l'hypertension, il est recommandé de ne pas mettre de gingembre. Si vous avez le moindre doute, renseignez-vous auprès de votre médecin ou de votre pharmacien.

Astuces

- Lors de la filtration, gardez le contenu de votre chinois (encore bien imprégné de miel), pour faire infuser le tout dans une grande casserole d'eau chaude durant 5 minutes. Buvez cette infusion, chaude ou froide, tout au long de la journée.
- Récupérez les bâtons de cannelle et les morceaux de citron pour les utiliser durant plusieurs cycles dans votre lave-vaisselle comme anticalcaire, nettoyant et désodorisant (voir p. 76) ou bien dans une coupelle de votre frigo comme désodorisant.
- Enfin, compostez les restes.

STEAK végétal EcoloMique

Robot mixeur • Poêle

Bien meilleur pour notre santé et notre planète, ce pavé, qui a toutes les apparences d'un vrai steak haché, a en réalité bien plus de qualités nutritives et même gustatives que ce dernier. Son goût, sa texture, son fondant et son aspect ont su convaincre toute la famille comme alternative officielle à la viande.

Selon moi, cette recette a TOUT de la recette parfaite, pour vous initier au steak végétal ou initier les « véganosceptiques » – ça se dit ? Non ? Maintenant, oui ! –, qu'ils soient enfants, ados ou carnivores invétérés.

Dans la famille, nous sommes flexitariens, c'est-à-dire que nous mangeons au maximum végétarien mais avec des écarts. Nous nous autorisons les produits d'origine animale plusieurs fois par semaine. Mais pour en arriver là, il faut trouver des alternatives concluantes et persuasives, comme ce super steak végé.

En bref, il est vraiment bon ! Et pas seulement pour les écolos mangeurs de graines !

Et alors, pourquoi EcoloMique ? Parce que, outre le fait d'avoir utilisé uniquement des ingrédients bio, locaux, achetés en vrac ou issus du permapotager, j'ai recyclé des « déchets de cuisine » comme le pain rassis ou l'*okara* (résidu du filtrage du lait végétal fait maison, voir p. 28) et cuisiné les restes de mon frigo. Recette écologique et économique = recette EcoloMique !

À savoir

Les végétariens ou les végans puristes pourraient trouver qu'il est dommage que ce steak ressemble autant à la chair animale. J'en conviens et je le comprends mais ici, le but est de convaincre en douceur et en toute bienveillance : le visuel aidant beaucoup les « véganosceptiques », j'ai volontairement choisi des ingrédients qui, au final, donnent au steak l'apparence de la viande, purement et simplement.

INGRÉDIENTS

Pas de proportions précises, on fait avec ce que l'on a !
Pas de panique : on ajuste la texture à la fin de la recette.

- 2 betteraves cuites
- 1 restant de légumes, par exemple, ici, du chou-fleur cru (facultatif)
- 700-750 ml de haricots rouges cuits (ici, le reste d'un repas précédent que j'avais mis en bocal)
- 2 poignées de flocons d'avoine
- 3 c. à soupe de fécule de maïs (ou fécule de pommes de terre ou *arrow roots* – poudre fine que l'on obtient en broyant le rhizome de la plante tropicale appelée marante et qui est utilisée en cuisine comme épaississant)
- 2 poignées de chapelure de pain rassis
- 2 poignées d'*okara* séché (facultatif : au besoin, remplacez-le par de la chapelure)
- 2 c. à café bombées de paprika
- 2 c. à café bombées de mix tandoori
- 1 poignée de graines de sésame
- 1 poignée de graines de courge
- 1 poignée de graines de tournesol
- Sel et poivre au besoin (attention à ne pas trop en ajouter si vous en aviez déjà mis durant la cuisson à l'eau des légumes et légumineuses)

1. Mixez ensemble betteraves, chou-fleur, haricots rouges et flocons d'avoine.
2. Ajoutez fécule, chapelure, *okara,* épices et mélangez.
3. Ajoutez les graines et mélangez doucement.
4. Ajustez au besoin la consistance de la pâte obtenue en ajoutant chapelure, *okara* ou flocons d'avoine. Au final, la pâte ne doit pratiquement pas coller aux doigts.
5. Donnez une forme à votre pâte : faites des steaks, des boulettes, des boudins, des triangles ou même des cœurs ! Puis, panez vos réalisations à l'aide de chapelure de pain rassis ou de graines de sésame.
6. Faites cuire vos steaks à la poêle dans un peu d'huile végétale.

Variantes

Un dernier argument pour vous faire sauter le pas ? Cette alternative végétale présente l'avantage (et, à mes yeux, il est énorme !) d'être déclinable à l'infini. En effet, vous pouvez remplacer la betterave par un autre légume (carotte, navet, radis, céleri, chou-fleur, brocoli, courgette, chou…) et les haricots rouges par d'autres légumineuses (haricots coco, flageolets, pois cassés, pois chiches, lentilles blondes, vertes ou corail). De même, paprika et mix tandoori peuvent aisément être remplacés par d'autres épices et/ou condiments (curcuma, curry, muscade, moutarde, mix guacamole, sel au céleri, persil, herbes de Provence, ciboulette, câpres, cornichons, boutons de capucines au vinaigre, légumes lactofermentés…). Alors amusez-vous !

Merci à mon amie Claire, de l'association L214 Le Havre, d'avoir été à la base de mon inspiration pour cette recette.

1

2
Mix
Tandoori

3

4

5

6

CHOCOLAT en poudre maison

Robot mixeur

Le chocolat en poudre fait partie des ingrédients de base du petit déjeuner : il est, dans bien des familles, consommé au quotidien par les enfants. Il est donc préférable de maîtriser sa composition. La plupart des poudres chocolatées pour petit déjeuner sont très largement composées de sucre, certaines le sont à 70 %, voire à 80 %. Voici une recette maison facile, saine et très gourmande !

Quand mes enfants sont passés du sein aux laits végétaux et que j'ai commencé à introduire le chocolat dans leur alimentation, j'ai tout d'abord acheté du chocolat en poudre bio, de bonne qualité, en faisant méticuleusement attention à sa composition. Mais il faut bien reconnaître que ce n'était ni « zéro déchet », ni vraiment économique !
Un matin, l'idée a surgi dans mon esprit : « Peut-être peux-tu essayer de le faire toi-même ? » Voilà maintenant quatre ans que je fabrique EcoloMiquement le chocolat en poudre des Grumeaux ! Fait maison, 100 % bio et équitable, il me revient à 12 € le kilo. À titre de comparaison, certains produits de qualité égale (mais bien plus sucrés) se vendent aux alentours de 23 € le kilo.
Le goût de mon chocolat est franchement extraordinaire. Ça sent VRAIMENT le chocolat ! Et ça fait toute la différence ! Onctueux, goûteux mais pas trop fort ; bref, de quoi convaincre les petits… et les grands aussi !

POUR UN BOCAL D'ENVIRON 200 G

- 200 g de chocolat noir bio équitable
- 1 c. à soupe de sucre bio équitable, complet, non raffiné, de type *rapadura*, *muscovado* (sucres issus du jus de canne) ou fleur de cocotier
- 1 c. à soupe de fécule de maïs bio ou d'*arrow root* (qui sert d'anti-agglomérant et donne de l'onctuosité au chocolat chaud)

1. Cassez le chocolat en petits morceaux.
2. Mixez tous les ingrédients avec un robot puissant jusqu'à obtenir une granulométrie fine et homogène.
3. Mettez 1 à 2 cuillères à soupe de poudre pour une tasse de lait ou de jus végétal bien chaud.

Astuces

- Au début, si vous avez peur que vos enfants n'acceptent pas le changement, testez cette recette avec du chocolat au lait.
- Si vous aimez le lait chocolaté bien frais, préparez votre boisson la veille ou faites chauffer fortement une infime partie de votre liquide et faites-y fondre la poudre. Diluez ensuite avec le reste du lait bien froid.

Chocolat en Poudre
fait maison

RHUBARBE curd

Saladier • Grande passoire • Grande casserole • Fouet • Verre doseur • Fourchette • Pots à confiture

Dans un souci d'autonomie et de locavorisme, j'ai voulu revisiter la célèbre *lemon curd* avec un ingrédient qui pousse plus facilement que le citron dans notre petit permapotager de Normandie : la rhubarbe.

On utilise cette crème sur une pâte sablée pour les tartes au citron (devenues de ce fait tartes à la rhubarbe), mais elle peut aussi servir à fourrer des éclairs, garnir une tarte aux fraises ou agrémenter de simples tartines.

INGRÉDIENTS

- 1 kg de rhubarbe
- 1 kg de sucre
- 200 g de beurre (doux ou salé selon votre goût)
- 6 jaunes d'œufs

1. Faites mariner la rhubarbe coupée en tronçons pendant 24 heures à température ambiante, dans l'équivalent de son poids en sucre, en prenant soin de remuer le mélange de temps en temps.
2. À l'aide d'une passoire, séparez les morceaux du jus de rhubarbe sucré.
3. Coupez le beurre en petits morceaux et faites-le chauffer doucement au bain-marie.
4. Prélevez 500 ml (environ 700 g) de jus sucré de rhubarbe et mettez-le à chauffer avec le beurre.
5. Séparez les jaunes d'œufs des blancs et battez les jaunes en omelette.
6. Une fois le beurre totalement fondu et incorporé au jus de rhubarbe, ajoutez les jaunes battus, tout doucement et en remuant vigoureusement.
7. Veillez à garder un bain-marie suffisamment chaud et à remuer sans arrêt jusqu'à épaississement de la crème.
8. Lorsque le fouet laisse des traces à la surface du mélange, la rhubarbe *curd* est prête !

2

3

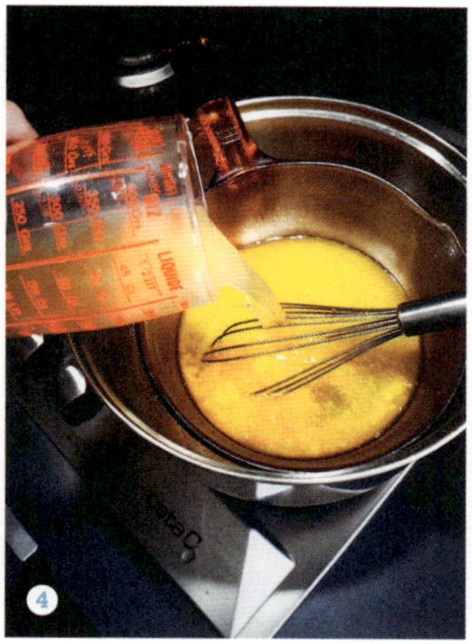
4

LIQUIDE
45 CL
40 CL
35 CL
30 CL
18 oz
16 oz
14 oz
12 oz
10 oz
8 oz
6

À savoir

- Vous pouvez utiliser immédiatement votre rhubarbe *curd* en la versant sur un fond de pâte brisée ou sablée préalablement cuit à blanc. Décorez votre tarte avec les fruits de votre choix.
- Vous pouvez aussi la conserver pendant 2 à 3 semaines au réfrigérateur : pour ce faire, versez-la à chaud dans des pots à confiture.

Astuces EcoloMiques

Pesez les morceaux et le jus de rhubarbe restant après l'étape de la filtration et choisissez une des options suivantes.

- Ajoutez la moitié de ce poids en sucre et faites une confiture après une macération de 12 heures.
- Ajoutez le même poids en pommes et faites une compote.
- Ajoutez le même poids en sucre, mixez et faites des pâtes de fruits.
- Faites cuire pendant quelques minutes ces restes de rhubarbe en morceaux dans un peu de beurre, pour en garnir le fond de votre tarte à la rhubarbe meringuée, sous la rhubarbe *curd*.
- Vous pouvez utiliser les blancs d'œufs pour faire des rochers coco (voir recette p. 42), des financiers, des meringues ou une mousse au chocolat (pour cette dernière, il vous suffit de les monter en neige et d'y ajouter du chocolat fondu tiède).

JUS végétaux

Passoire • Chinois ou passoire à mailles très fines ou tissu en coton (lavé sans parfum pour linge ni adoucissant) • Robot puissant ou *blender* • Bouteille en verre • Entonnoir

C'est pour des raisons à la fois sanitaires, nutritionnelles et environnementales (pollution, impact carbone, surpopulation d'animaux dans les exploitations...) que je me suis lancée dans la fabrication de jus végétaux (parfois encore appelés « laits », par abus de langage) après avoir cessé d'allaiter mes Grumeaux. Vous allez voir que ce n'est pas bien compliqué.

Les qualités nutritionnelles des « laits » végétaux frais (vitamines, minéraux, fibres, bonnes graisses, taux glycémique bas) m'ont vite convaincue de laisser tomber les laits animaux, que l'on soupçonne d'avoir de nombreux effets négatifs sur la santé humaine (protéines animales et hormones de croissance néfastes au bon développement des enfants, perturbateurs hormonaux, matières grasses saturées, mauvais cholestérol, sucres, problèmes de digestion et d'allergie, d'arthrose, etc.). Sans compter que le lait n'est pas un aliment que l'on trouve facilement en mode zéro déchet. Les noix, noisettes, amandes et céréales diverses qui composent les jus végétaux sont, elles, bien plus simples à trouver et à acheter en vrac.

En outre, j'ai trouvé de nombreux avantages à cette alternative végétale. J'apprécie notamment le fait de pouvoir confectionner mon « lait » par moi-même. Le lait animal est une denrée périssable avec une date limite de consommation (DLC) à court terme. Les oléagineux et les céréales, avec lesquels on fabrique les jus végétaux, sont, quant à eux, des aliments de conservation avec une date limite d'utilisation optimale (DLUO) à long terme et ils peuvent être rangés dans des bocaux hermétiques dans les placards. Nous avons moins souvent besoin de faire les courses depuis que le lait a disparu de notre alimentation. Désormais, si je n'ai plus de jus végétal, je n'ai qu'à en refaire ! Ça ne me prend pas plus de 4 minutes (il faut toutefois anticiper le trempage des céréales ou des oléagineux choisis). Je vous indique ici le procédé de base.

Bien sûr, ce choix est tout personnel, je l'ai fait après avoir collecté une somme d'informations considérable auprès de spécialistes divers et variés. À vous de faire de même et de faire vos propres choix. Il y a deux sortes de jus végétaux : ceux à base de céréales et ceux à base de noix et de graines (oléagineux). Tous les jus végétaux ont une composition, des intérêts nutritionnels et des goûts différents. Certains sont très riches en fibres, d'autres en minéraux (vitamines, fer, magnésium...), d'autres en bonnes graisses. C'est pourquoi je m'emploie à ne pas me contenter d'un seul et même jus que je referais indéfiniment.

POUR ENVIRON 1 LITRE

- **150 g de céréales (riz, avoine, épeautre…) ou d'oléagineux (noix, noisettes, amandes, noix de cajou, pistaches, noix de coco…)**
- **1 l d'eau**

1. Rincez à l'eau claire, dans une passoire, les céréales ou les oléagineux choisis.
2. Faites-les tremper pendant environ 8 heures dans de l'eau du robinet, décantée depuis plusieurs heures ou, à défaut, dans de l'eau minérale.
3. Égouttez le tout en jetant cette eau de trempage.
4. Mixez ces céréales ou oléagineux avec 1 litre d'eau (eau du robinet décantée ou eau minérale) dans un robot ou un *blender* à puissance maximale, pendant 2 à 3 fois 30 secondes.
5. Filtrez la préparation à travers un tissu en coton ou, mieux encore, dans une passoire à mailles très fines de type chinois. Recueillez le jus ainsi obtenu dans un saladier.
6. Embouteillez le jus et mettez-le aussitôt au réfrigérateur afin de le conserver pendant au maximum 4 jours.

À savoir

Le coût du litre de jus végétal dépend de l'ingrédient de base. Dans certains cas, le jus végétal revient bien moins cher qu'une brique de jus industriel (végétal ou animal), et il est tellement meilleur sur le plan gustatif et nutritionnel qu'il serait vraiment dommage de s'en priver ! Fabriquer 1 litre de jus d'avoine bio me coûte 0,20 €. À titre de comparaison, le litre de jus d'avoine de l'hypermarché le plus proche, en marque distributeur est à 1,57 €, et le lait de vache bio entier et consigné est à 1,00 € à la ferme à côté de chez moi et à 1,10 € à l'hyper. Le « lait » d'avoine est, de fait, le lait le plus économique, et par conséquent celui que j'utilise le plus, notamment pour la cuisine !
Les jus d'amande, de noix, noix de cajou, noix de pécan ou pistache sont beaucoup plus onéreux. D'où l'intérêt de récupérer l'*okara* pour fabriquer une autre recette avec et donc réduire son coût (voir « Steak végétal » p. 16 et « Rochers coco EcoloMiques » p. 42). Mais certains oléagineux comme la noisette ou la noix peuvent être cultivés ou récupérés gratuitement, pour peu que vous connaissiez du monde à la campagne.

Astuces

- Mon jus végétal préféré est celui de noisette ! Chaud, avec deux cuillères à soupe de ma recette de chocolat en poudre fait maison (voir p. 20), c'est un véritable délice. Pour une première fois dans le monde des jus végétaux, c'est vraiment celui que je vous recommande d'essayer.
- Il faut procéder au trempage de toutes les graines et oléagineux sauf l'avoine qui ne nécessite pas de trempage préalable.
- Certains, au moment du mixage, ajoutent une pincée de sel et une datte ou du miel ou même du sirop d'agave. Personnellement, je laisse mon jus nature et, au besoin, au moment où je m'en sers, je l'aromatise. En effet, parfois mon jus végétal va servir à nourrir les Grumeaux le matin, avec un peu de chocolat en poudre fait maison. Parfois, il va servir à faire des crêpes ou un cake. Inutile, donc, de le sucrer ou de le saler au préalable.
- On m'a récemment offert un sac à lait végétal en coton bio, plus sain et pratique qu'un linge de type torchon (qui, je le rappelle, peut quand même faire l'affaire). L'option d'un chinois à maille très fine reste toutefois ma solution de filtrage préférée car elle génère un gain de temps et de nettoyage.
- Le jus obtenu se congèle au besoin.
- Quand le jus n'est plus bon à consommer, cela se sent immédiatement à l'odeur.
- L'*okara* est le résidu des céréales ou oléagineux obtenu après filtration du jus (avec 150 g de céréales ou d'oléagineux et 1 litre d'eau, vous obtenez 150 à 200 g d'*okara* humide). Il est riche en fibres et en minéraux et a du goût, il est donc primordial d'en faire quelque chose afin de réduire le coût du litre de lait et de ne pas gâcher de la nourriture, matière première vitale et encore consommable.

markal
1

3

3

5

VIANDES séchées maison

Plat à bords hauts • Torchons propres

Véritable alternative EcoloMique à la charcuterie sous film plastique des supermarchés, cette viande séchée sera aussi bien plus saine et savoureuse. Pas de sels nitrités ni de conservateurs dans cette recette simplissime et naturelle. Facile et rapide, elle ravira petits et grands à l'heure de l'apéritif et vous épaterez tous vos convives quand vous leur direz fièrement que ce délice est fait maison !

INGRÉDIENTS

- Viande au choix (rôti ou filet mignon de porc, pièce de bœuf à fondue ou autre, magret de canard, merguez, chipolatas…)
- Sel gris de Guérande (sans additif ni anti-agglomérant : dans la liste des ingrédients ne doit figurer que le sel !)
- Poivre ou autres épices, herbes séchées diverses (thym, romarin, herbes de Provence…)
- Torchons propres et repassés (lavés sans adoucissant ni parfum pour le linge).

1. Dans un plat à bords hauts, faites un lit de sel et déposez-y votre viande. Recouvrez-la de sel puis laissez le plat au frais, recouvert d'un torchon propre, pendant une durée qui varie selon la viande : 15 heures ou 16 heures pour un magret de canard ; 18 heures pour des merguez ; 20 heures pour un rôti fin ou un filet mignon ; 24 heures pour un rôti épais.
2. Sortez votre viande du sel et rincez-la sous l'eau froide. Épongez-la méticuleusement avec un torchon propre. Changez de torchon et posez la viande dessus. Recouvrez-la entièrement, sur toutes ses faces, de poivre concassé, d'herbes de Provence, de thym, de curry ou de paprika.
3. Roulez la viande bien serrée dans le torchon avec les épices.
4. Mettez-la dans le bac à légumes de votre réfrigérateur.
5. Laissez-la 3 semaines à cet endroit en changeant le torchon au moins une fois par semaine.
6. Au bout de ces 3 semaines vous pouvez la déguster durant encore 3 semaines.

BARRES de céréales

Saladier • Boîte en fer (pour la conservation) • Plaque de four • Papier cuisson

Toujours en quête de recettes plus saines pour les Grumeaux, j'ai cherché une alternative aux barres ultra-sucrées, sans vraiment grand intérêt nutritionnel. Cet encas, qui peut aussi bien servir de petit déjeuner énergétique et sain, est véritablement facile et rapide à faire.

Cette recette répond parfaitement à tous mes critères. Évidemment, comme à chaque fois, sélectionnez si possible des ingrédients bio, préférez des céréales complètes et choisissez votre miel de saison chez un apiculteur local. Le résultat est délicieux et réellement efficace, pour un goûter végétal, sans sucre (autre que celui présent naturellement dans le miel) et sans graisse (autre que les bonnes graisses des céréales et oléagineux). Vous pourrez conserver ces barres durant plusieurs semaines dans une boîte en fer ou un bocal hermétique, à température ambiante.

INGRÉDIENTS

- 50 g de céréales
(mélange de céréales graines et fruits secs ou du muesli)
- 1 grosse cuillère à soupe de miel

1. Dans un saladier, prenez soin de bien enrober toutes les céréales de miel.
2. Étalez le mélange assez finement en formant un rectangle sur une plaque de cuisson et mettez le tout à cuire au four à 180 C° durant 15 à 20 minutes (selon l'épaisseur de la préparation).
3. Une fois les céréales bien dorées, sortez la plaque du four.
4. Sans attendre le refroidissement complet, coupez, à l'aide d'un grand couteau, des barres de 2 à 3 cm de large sur environ 10 cm de long.

Astuces

- Selon la saison, votre miel d'apiculteur peut avoir cristallisé. Dans ce cas, placez votre pot en verre pendant quelques minutes dans un bain-marie tiède pour qu'il retrouve une consistance liquide.
- Après refroidissement, vous pouvez éventuellement enrober vos barres de céréales de chocolat noir fondu.

POUDRE d'agrumes

Plat en verre allant au four • Mixeur robuste • Tamis • Petits sacs en tissu

Voici plusieurs astuces zéro déchet pour utiliser vos zestes d'orange (mais aussi de citron, de pamplemousse… bref, de tous les agrumes que vous voulez !). Avant de couper les oranges (bio, bien sûr !) pour les presser, je les zeste et j'utilise ces zestes pour parfumer mes crèmes, mes yaourts, mes confitures, mes gâteaux. Si je n'en ai pas besoin tout de suite je les mets au congélateur pour plus tard.

Vous l'avez compris, dans l'orange, rien ne se perd et même si, tout comme nous, vous en faites une grosse consommation en saison hivernale, il y a toujours une façon de se servir des peaux après avoir dégusté le fruit !

POUR LA POUDRE D'ORANGE

1 Mettez les peaux d'orange dans un grand plat en verre supportant la chaleur, que vous placez devant la cheminée ou sur un radiateur. Laissez-les sécher longtemps (plusieurs jours, voire plusieurs semaines) en retirant au fur et à mesure celles qui moisissent.
2 Une fois les peaux complètement séchées, mixez-les (il faut un appareil costaud !) jusqu'à les réduire en poudre et en gros éclats.
3 Passez le tout au tamis : la poudre fine qui passe à travers me sert toute l'année à parfumer mes préparations sucrées (il en faut peu car c'est très parfumé) : gâteaux, biscuits, yaourts, crêpes, crèmes, meringues… Et les gros morceaux qui ne passent pas à travers le tamis serviront à parfumer votre linge dans les armoires ! J'en fais de petits ballotins dans des rouleaux de papiers W.-C. peints et décorés, que j'offre aux personnes de mon entourage (voir p. 86).

POUR LE VINAIGRE BLANC PARFUMÉ

Avec une bonne partie des zestes et de la pulpe qui reste après que j'ai pressé les oranges en jus, je fais du vinaigre blanc parfumé que j'utilise ensuite comme base pour mes produits ménagers (voir p. 82).
1 Mettez tous les restes des oranges (ou autres agrumes) dans un bocal et remplissez-le de vinaigre blanc.
2 Laissez macérer au moins 2 à 3 semaines.
3 Filtrez : votre vinaigre parfumé est prêt à l'emploi !

BOUILLON d'épluchures de légumes

Grand fait-tout • Boule à thé • Passoire • Grande casserole • Bacs à glaçons

Chaque fois que je cuisine, je récupère les épluchures des légumes de mon permapotager ou bio (que j'ai, bien entendu, lavés au préalable). Je les mets au fur et à mesure dans le congélateur en attendant d'en avoir une bonne quantité et une grosse diversité pour fabriquer du bouillon d'épluchures de légumes.

Voici quelques légumes dont j'utilise les épluchures: carottes, choux, poireaux, radis, ail, oignons, échalotes, navets, céleri, tomates (la peau), auxquels s'ajoutent les fanes de radis, de betteraves et de carottes. Choisissez les légumes que vous aimez. Vous obtiendrez facilement de délicieux bouillons cubes d'épluchures de légumes pour presque rien, uniquement avec vos «déchets» de repas! Recette ultra EcoloMique.

INGRÉDIENTS

- Environ 2 kg d'épluchures de légumes variés
- 1 c. à soupe de sel
- 3 feuilles de laurier
- 4 branches de thym
- 1 c. à café de baies de genièvre
- 1 c. à café de baies de poivre
- 1 c. à café de baies de coriandre

1. Quand vous avez stocké suffisamment d'épluchures variées au congélateur, mettez-les dans un grand fait-tout et couvrez d'eau à hauteur.
2. Ajoutez le sel, le laurier et le thym.
3. Dans une boule à thé, ajoutez les baies.
4. Portez le tout à ébullition, puis laissez mijoter tout doucement pendant 1 à 2 heures en remuant de temps en temps.
5. Retirez le laurier, les branches de thym et les baies. Filtrez un tiers de la préparation pour obtenir un bouillon clair. Il sera idéal pour faire de la soupe avec des pâtes de style cheveux d'ange ou alphabet ou pour faire des risottos.
6. Mixez les deux tiers restants (bouillon et épluchures).
7. Versez la préparation dans des bacs à glaçons pour former des bouillons cubes.
8. Placez les bacs au congélateur et servez-vous de ces bouillons cubes au fur et à mesure de vos besoins: pâtes, riz, soupes, sauces, purées, plats mijotés…

Astuces

• Si vous souhaitez faire un bouillon de poule, mettez la carcasse d'un poulet et sa graisse de cuisson dans un panier en inox que vous plongez dans le bouillon d'épluchures de légumes durant la phase de mijotage (ainsi, ce qui est mangeable n'est pas mélangé à ce qui ne l'est pas). Quand la cuisson du bouillon est terminée, vous n'avez qu'à récupérer la carcasse en soulevant le panier.

Variante

Bouillon d'épluchures et de fanes de légumes déshydratés

Lors de l'épluchage, les épluchures de légumes qui sont belles et saines peuvent être mises de côté pour être déshydratées pendant plusieurs heures, à très basse température. Pour ce faire, mettez les épluchures au soleil, devant la cheminée, sur un radiateur (dans un plat à tarte ou un moule à cake), au déshydrateur ou encore sur une plaque du four lorsque celui-ci est en phase de refroidissement.

L'important dans la déshydratation, c'est qu'il faut que l'aliment en question sèche longtemps et à basse température (pas plus de 40 °C).

Tout comme pour le bouillon liquide, attendez d'avoir accumulé une grande diversité d'épluchures de légumes déshydratées (carottes, betteraves, poireaux, ail, oignons, fenouil, céleri, herbes aromatiques en tout genre, peaux de tomates, courgettes…) avant de mixer tous ces « déchets » de cuisine avec 1 cuillère à soupe de sel. Vous pourrez utiliser la poudre obtenue comme un assaisonnement en cuisine ou même à table.

JUS d'épluchures de fruits

Marmite • Boule à thé • Torchon • Entonnoir • Passoire à mailles fines ou chinois • Bouteilles en verre

Je stocke au congélateur toutes mes épluchures de fruits (du permapotager ou bio, bien entendu) jusqu'à en avoir une bonne quantité. Pourquoi ? Parce qu'on peut en faire du jus (d'épluchures) de fruits, bio et gratuit !

Sur le même principe que le bouillon d'épluchures de légumes (voir p. 38), gardez au fur et à mesure les épluchures et trognons des fruits que vous consommez et conservez-les au congélateur en attendant d'en avoir une bonne quantité (environ 2 kg).

Dans l'absolu, tous les fruits peuvent être utilisés, mais mes préférés pour réaliser ces jus d'épluchures sont les pommes, poires, melons, fraises, cerises, pêches… Suivez les arrivages et la saisonnalité pour effectuer d'autres tests. Vous pouvez parfumer ces jus avec des épices, des herbes aromatiques ou du thé en fonction de vos goûts.

INGRÉDIENTS

- Épluchures de fruits variés (environ 2 kg)
- Plantes aromatiques au choix : feuilles de menthe, de camomille, de verveine, anis étoilé…
- Épices au choix : vanille, cannelle en bâton, fève tonka…

1. Mettez les épluchures dans une marmite et ajoutez de l'eau jusqu'à les recouvrir. Ajoutez les plantes aromatiques et les épices de votre choix (vous pouvez les mettre dans une boule à thé).
2. Faites cuire à petits bouillons pendant 1 heure.
3. Attendez le complet refroidissement et filtrez le mélange avec un chinois ou un torchon : pressez le torchon au-dessus d'un entonnoir préalablement placé sur une bouteille, jusqu'à ce qu'il ne reste qu'une boule sèche de déchets de fruits dans le torchon (ces déchets pourront faire du compost ou nourrir les poules).
4. Vous obtenez alors un jus d'épluchures de fruits que vous pouvez consommer froid ou chaud (il se conserve durant 3 jours), avec une rondelle de citron et, au besoin, un peu de miel, de sirop d'agave ou de stévia du jardin.

Variantes

- Vous pouvez aussi transformer ce jus en sorbet ! Pour ce faire, mettez-le tout simplement en sorbetière
- Vous préférez faire de la gelée ? Mettez le même poids de jus d'épluchures de fruits que de sucre et laissez mariner avec un citron (bio) coupé en tranches par litre de mélange. Laissez mariner pendant 24 heures en remuant de temps en temps. Enlevez les morceaux de citron et mettez à cuire à feu doux pendant environ 1 heure. Pour savoir si votre gelée est cuite, mettez-en une goutte chaude sur une assiette froide et penchez celle-ci : si la goutte ne coule pas quand on la penche, la gelée est prête. Mettez-la en pots. Elle se conservera durant au moins un an.

1

1

3

4

ROCHERS COCO EcoloMiques

Grand saladier

Le bon goût des rochers coco mais avec un ingrédient EcoloMique : l'*okara*. L'*okara* est ce qui résulte de la filtration lorsque l'on fait soi-même ses jus végétaux (voir p. 28). Il est primordial de le réutiliser afin de ne pas jeter des céréales ou oléagineux encore parfaitement consommables, et de faire des économies en remplaçant une partie des ingrédients d'une recette par cet ingrédient zéro déchet. C'est pourquoi je ne cesse de tester et d'inventer des recettes qui en contiennent. Cette fois-ci les rochers coco !

INGRÉDIENTS

- 300 g d'*okara*
- 200 g de noix de coco râpée
- 100 g de sucre
- 400 g de lait concentré non sucré
- Chocolat ou pépites de chocolat (facultatif)

1. Mélangez tous les ingrédients puis formez des tas que vous disposez sur une plaque de cuisson.
2. Faites cuire à 180 C° pendant 25 minutes.

Astuces

- Si vous êtes gourmand, vous pouvez, avant la cuisson, ajouter des pépites de chocolat ou, après la cuisson, plonger vos rochers coco (partiellement ou totalement) dans du chocolat fondu.
- Les rochers coco se conservent pendant au moins 2 semaines dans une boîte en fer.
- Cette recette est notamment intéressante pour les personnes allergiques aux œufs.

CRÊPES DE CHAPELURE de pain rassis

Robot mixeur • Grand saladier • Poêle

Les crêpes de chapelure sont un basique de notre cuisine familiale depuis la Chandeleur 2018, où j'ai voulu rendre cette tradition un peu plus responsable en inventant cette recette antigaspi. Le but est clair : liquider les restes de pain rassis, qui s'accumulent tellement qu'on finit par se lasser de les transformer en pain perdu ou en chapelure pour le poisson pané maison !

Astuces

• Il m'arrive même de recycler les restes de panure : en effet, lorsque je pane des aliments (viandes, poissons, légumes ou fruits), il reste toujours, dans l'assiette ou le plat qui m'a servi à paner, de la chapelure agglomérée, un peu d'œuf battu et de la farine. Je mélange tout ça au fouet avec un peu de lait (ici, du « lait » d'avoine fait maison) et une goutte d'huile végétale, jusqu'à l'obtention d'une consistance de pâte à crêpes. Au besoin, je passe un coup de mixeur plongeant pour lisser la préparation. Je fais cuire à la poêle comme avec une pâte à crêpes classique, et le tour est joué ! Cette astuce qui ne coûte rien vous fait un second repas grâce aux restes du premier ! Le tout en 30 secondes top chrono !

• Bon à savoir : si j'ai pané du salé (viandes, poissons, légumes…), je transforme les restes de panure en crêpes salées et si je n'ai pas mis d'épices ou de sel dans la farine de ma panure, je fais des crêpes sucrées.

INGRÉDIENTS

- 3 œufs
- 150 g de chapelure de pain rassis
- 1/2 litre de « lait » (d'avoine par exemple)
- 150 g de farine
- 2 cuillères à soupe d'huile végétale
- 1 pincée de sel

1 Avant de vous lancer dans la recette des crêpes proprement dite, fabriquez la chapelure : faites sécher votre pain rassis pendant 30 minutes devant la cheminée, sur un radiateur ou dans un four en phase de refroidissement. Puis, une fois qu'il est refroidi, mixez-le. Votre chapelure est prête.
2 Cassez les œufs dans un saladier et incorporez tout doucement la chapelure en fouettant.
3 Délayez la moitié du « lait » dans ce mélange, puis, ajoutez progressivement la farine en remuant.
4 Ajoutez la seconde moitié du « lait » en fouettant la préparation.
5 Ajoutez le sel et l'huile végétale et mélangez de façon que la pâte soit bien homogène. Grâce à la présence de levure dans les restes de pain, vous n'avez pas besoin de repos pour obtenir des crêpes gonflées et aérées.
6 Cuisez vos crêpes antigaspi traditionnellement, 2 minutes de chaque côté.

Noix de
Muscade

RADICELLES de poireaux frites

Friteuse ou poêle • Saladier • Passoire

**C'est pour moi LA recette antigaspi.
À la fois complètement dingue et délicieuse ! Une véritable tuerie culinaire ! Une petite merveille, très peu coûteuse, qui surprendra à coup sûr votre entourage : les racines de poireaux frites !**

À la maison, nous ne compostons plus les racines de poireaux depuis des années car elles peuvent devenir, en un tournemain, une super décoration sur une entrée ou un amuse-bouche à l'apéritif ! Évidemment, je ne saurais vous conseiller cette recette que si vos poireaux sont au minimum biologiques ou, encore mieux, issus du permapotager.

INGRÉDIENTS

- Radicelles de poireaux
- Un peu de farine
- Huile pour friture
- Épices au choix (facultatif)

1. Enlevez les racines des poireaux en les coupant au couteau, en prenant soin de laisser 0,5 cm de fût blanc pour que toutes les petites racines se tiennent entre elles.
2. Nettoyez parfaitement les radicelles sous un filet d'eau et faites-les tremper dans un peu d'eau vinaigrée pendant au moins 10 minutes. Rincez-les puis égouttez-les, mais ne les laissez pas sécher.
3. Si vous souhaitez mettre des épices, incorporez-les à la farine. Saupoudrez les radicelles de farine sur toutes les faces. Répartissez bien la farine pour qu'il y en ait partout.
4. Faites frire 4 à 5 minutes jusqu'à obtenir des racines bien dorées. Salez dès la sortie du bain d'huile et dégustez !

BEIGNETS fourre-tout de fanes et d'épluchures

Poêle • Saladier • Friteuse • Torchon

Voici une idée végétale, ultrarapide, antigaspi, très économique et écologique, qui ravira les papilles des petits et des grands. Ces beignets peuvent être dégustés à l'apéritif, en petites bouchées, ou en plat, avec des crudités ou une soupe. Ils sont déclinables en une multitude de versions, en fonction de la saison et de vos envies.

INGRÉDIENTS

- 2 œufs
- 200 g de farine
- 200 ml de lait ou de jus végétal (voir p. 28)
- 200 g de fanes, d'épluchures ou de légumes
- Sel, poivre, épices
- Huile pour friture

1. Lavez et émincez les fanes, les épluchures ou les légumes.
2. Faites-les revenir pendant quelques minutes à la poêle dans un peu d'huile, salez et poivrez à votre goût. Réservez.
3. Dans un saladier, préparez une pâte homogène en battant les œufs et la moitié de la farine.
4. Ajoutez le lait, et, tout en mélangeant, ajoutez en pluie la seconde moitié de la farine.
5. Quand la consistance est homogène, épicez la pâte et salez-la à votre goût.
6. Incorporez la poêlée de fanes, d'épluchures ou de légumes à cette pâte à beignets.
7. Faites frire les beignets dans une huile de friture (avec un point de fumée élevé) en prélevant, pour chaque beignet, l'équivalent d'une cuillère à soupe de pâte et en la plongeant dans l'huile bouillante.
8. Salez au besoin, dès la sortie du bain d'huile. Dégustez !

Astuces Ecolomiques

- L'huile de friture, filtrée, peut servir plusieurs fois si elle n'a pas atteint son point de fumée.
- La pâte à beignets crue ou cuite se conserve très bien au congélateur.

teint

HYGIÈNE ET BEAUTÉ

GOMMAGE EcoloMique

Ramequin ou pot à confiture

Rituel incontournable d'une bonne routine beauté, le gommage peut tout à fait se révéler être EcoloMique en plus d'être un véritable moment de bien-être.

Le gommage permet d'éliminer les cellules mortes ou endommagées de la peau, il unifie le teint du visage, donne un effet bonne mine et, sur le corps, il permet une meilleure repousse des poils tout en réduisant le risque de poils incarnés et autres petits boutons.

Toutefois, le gommage ne doit pas être répété plus d'une fois par semaine. Sinon, vous risquez d'endommager cette formidable barrière cutanée qu'est votre peau.

Constitué de seulement deux ingrédients, miel et marc de café, le gommage que je vous propose ici est ultrarapide à fabriquer et à utiliser. Choisissez bien évidemment votre miel auprès d'un petit apiculteur local, en fonction de la saisonnalité, et réutilisez le marc issu de votre café du matin, véritable ressource pour la maison comme pour le jardin.

POUR 1 GOMMAGE DU VISAGE

- 1 cuillère à soupe de marc de café (mouture fine)
- 1 cuillère à soupe de miel local

1. Si votre miel s'est solidifié, réchauffez-le tout doucement au bain-marie.
2. Mélangez le miel et le marc de café de manière homogène dans un ramequin ou un bocal à confiture.
3. Utilisez ce gommage tout de suite, sur peau mouillée : frottez votre peau avec douceur, en effectuant de petits gestes circulaires, puis rincez soigneusement. Vous pouvez ensuite appliquer votre crème hydratante habituelle.

À savoir

- Le marc de café a une action exfoliante. Le miel, lui, a des propriétés hydratantes, assouplissantes, antiseptiques et purifiantes. Il est donc tout indiqué pour l'élaboration d'un gommage, puisque ce dernier engendre des microlésions de la peau.
- Si vous souhaitez gommer tout votre corps, multipliez les quantités par 5 et utilisez un marc à la mouture grossière.
- Si vous ne vous en servez pas immédiatement, vous pouvez le conserver 2 à 3 semaines au réfrigérateur.
- À noter que le marc de café a aussi une action intéressante sur vos canalisations : il les entretient lorsque vous faites couler de l'eau et, grâce à ses propriétés désodorisantes, il évite les odeurs désagréables.

Astuces

- Si vous n'avez pas de marc de café, vous pouvez vous en procurer dans le bar le plus proche de chez vous ou auprès de votre entourage. Vous pouvez aussi le remplacer par du sucre en poudre.
- Si vous ne souhaitez pas utiliser de miel, remplacez-le par du gel d'aloe vera, de la gelée de graines de lin, un yaourt ou tout simplement une huile végétale.

LINGETTES lavables 3 en 1

Saladier • Verre gradué • 2 bocaux hermétiques

Se débarbouiller, se démaquiller ou faire sa toilette intime : ces lingettes lavables sont vraiment multi-usages pour le corps et le visage des bébés, mais aussi des plus grands ! Imprégnées d'huile végétale et d'eau de chaux (achetez-la en pharmacie dans un flacon de verre), elles sont rapides et simples à fabriquer et à utiliser.

Traditionnellement, le liniment oléo-calcaire, utilisé depuis des décennies pour débarbouiller les bébés et nettoyer leurs petites fesses au moment du change, est composé à 50 % d'huile d'olive et à 50 % d'eau de chaux. L'huile d'olive est donc tout indiquée pour cette utilisation, mais vous pouvez la remplacer, en fonction de votre type de peau, par une autre huile végétale.
À noter que le nettoyage à la lingette lavable pré-imprégnée ne suffit pas pour avoir une hygiène parfaite ! Elle ne peut se substituer à un lavage régulier à l'eau savonneuse.

CE QU'IL VOUS FAUT

- Des carrés de tissu lavables, en coton, de 20 cm de côté
- 100 ml d'eau de chaux
- 100 ml d'huile végétale (respectez bien le ratio 50/50 car il ne doit jamais y avoir plus d'eau de chaux que d'huile)

Quelques huiles végétales

Voici quelques huiles végétales à mélanger à l'eau de chaux. Cette liste n'est pas exhaustive, bien d'autres huiles s'utilisent en cosmétique.
- L'huile d'olive est adoucissante, apaisante et nourrissante.
- L'huile de tournesol est peu onéreuse et souvent disponible dans nos placards. Elle est nourrissante, apaisante, cicatrisante et pas du tout comédogène. Recommandée pour les peaux sèches.
- L'huile de pépins de raisin est légère, antioxydante, émolliente et régénérante.
- L'huile d'amande douce est assouplissante, apaisante, tonifiante et fortifiante. Elle est particulièrement adaptée aux peaux sensibles.
- L'huile de noisette, fluide et pénétrante, est séborégulatrice, émolliente, nourrissante, adoucissante, réparatrice et cicatrisante. Elle est adaptée à tous les types de peaux, notamment les peaux grasses et acnéiques.

POUR CONFECTIONNER LES LINGETTES

1. Si vous savez coudre et que vous avez une machine, recyclez un vieux drap ou une nappe en coton.
2. Découpez votre tissu en carrés de 20 cm de côté.
3. Faites un ourlet en point zigzag (ou un surjet si vous avez une surjeteuse) sur la totalité du pourtour des lingettes.

Astuce

- Si vous n'avez pas envie de coudre, utilisez d'anciens mouchoirs en tissu, que vous dénicherez dans les placards de vos grand-mères, dans une recyclerie, chez Emmaüs ou dans un vide-grenier. Vous devrez préalablement laver et repasser vos carrés afin de stériliser le tissu.

POUR FABRIQUER LE LINIMENT

1. Lavez-vous précautionneusement les mains.
2. Dans un saladier, mélangez énergiquement au fouet l'eau de chaux et l'huile végétale de votre choix.
3. Plongez vos lingettes en tissu bien dépliées, une à une, dans ce mélange.
4. Laissez-les s'imprégner du liquide pendant 10 minutes.
5. Ensuite, essorez vos lingettes une à une en les pressant à l'aide de vos mains.
6. Déposez-les au fur et à mesure dans un bocal en verre, hermétique et bien propre.
7. Quand tout le stock de lingettes essorées est dans le bocal, refermez-le.
8. Étiquetez bien le bocal en y indiquant la date et les ingrédients. Ces lingettes se gardent au moins 1 mois.

Astuce

- Le liquide restant après l'essorage des lingettes peut être conservé et réutilisé ultérieurement pour l'imprégnation suivante des lingettes.

Lingettes
Corps et
Visage

POUDRE de teint

Balance • Pot avec couvercle • Cuillère en bois (pour ne pas neutraliser les nombreux bienfaits des argiles)

Certes, le maquillage n'est pas vraiment un sujet vital ! Très éloigné de l'indispensable, il peut même paraître futile à bien des personnes. Pourtant, j'ai toujours eu à cœur de prendre soin de moi (pas par obligation mais bien par plaisir, pour moi avant tout !) et ce, même après avoir changé mon mode de vie. Composée uniquement d'argiles, ma poudre de teint maison a, en plus, un effet purifiant et protecteur. Elle a donc tous les atouts pour faire votre bonheur.

Il faut savoir que, bien souvent maquillage et écologie ne font pas du tout bon ménage. Les poudres de teint sont, pour la plupart, synthétiques, chimiques et suremballées. De ce fait, que l'on ait la peau sensible ou une sensibilité accrue pour l'écologie, maîtriser la composition de son maquillage est primordial. Utile pour matifier et uniformiser le teint, cette poudre est utilisée généralement après le fond de teint et/ou la crème ou huile de jour. C'est pourquoi on la choisit « transparente », ou plutôt couleur chair. Je l'utilise juste après avoir mis mon hydrolat et mon huile végétale de jour. Ensuite, j'ajoute un coup de crayon à sourcils et un autre crayon noir au niveau des yeux, et cela me suffit largement. Embellie mais pas peinturlurée !

Évidemment, les quantités d'argile dépendent de la teinte de base de votre peau. C'est donc à vous de créer votre propre mélange. Toutefois, j'indique ici comme base mon mélange idéal (j'ai la peau plutôt claire), que j'adapte en fonction de la saison, selon que je suis plus ou moins bronzée.

INGRÉDIENTS

- 20 g d'argile verte (en majeure partie)
- 1 g d'argile rouge (en quantité minime)
- 1 g d'argile jaune (facultatif, en fonction des besoins)
- 1 g d'argile rose (facultatif, en fonction des besoins)

1. Mélangez l'argile verte et l'argile rouge dans le pot avec la cuillère en bois.
2. Ajoutez au besoin l'argile jaune et l'argile rose. Ne vous fiez pas à la couleur du mélange obtenu mais testez plutôt la poudre de teint sur la face interne de votre avant-bras ou directement sur votre visage.
3. Si la teinte obtenue est trop foncée pour vous, ajoutez un peu d'argile blanche et/ou verte.
4. Si elle est trop claire, ajoutez un peu de cacao en poudre sans sucre.

Astuces

- N'utilisez pas d'ustensiles ou de contenants en métal, qui annihileraient les propriétés bénéfiques des argiles.
- Veillez à ne choisir que des argiles surfines afin d'avoir une granulométrie qui convienne à cette utilisation.
- Servez-vous du couvercle pour tapoter l'excédent de poudre prélevée à l'aide du pinceau.

Poudre de teint

MASQUES et soins pour les cheveux

Les cheveux sont une véritable matière vivante et un atout charme indéniable. Néanmoins, mal entretenus, maltraités ou délaissés durant quelque temps, ils peuvent vite perdre de leur splendeur. Voici mes recettes EcoloMiques pour leur redonner du lustre.

Si vous faites des colorations, essayez de ne pas en faire trop souvent, voire d'arrêter le plus vite possible. En effet, en plus de coûter cher, les couleurs, souvent chimiques, sont une catastrophe écologique et sanitaire. Si vraiment vous n'imaginez pas votre vie sans coloration, vous pouvez toujours vous tourner vers des solutions plus naturelles comme celles proposées dans le génialissime livre de Sylvie Hampikian et Alexandra Perragon, *J'embellis mes cheveux - 80 soins, reflets et colorations naturelles* (Terre vivante, 2014). Cela vous permettra d'avoir des cheveux en bien meilleure santé. Mais pour leur (re)donner un petit coup de pouce, pour un effet « chevelure de rêve », il existe bien des astuces de grand-mères antigaspi ! Voici mes routines cheveux préférées.

BAIN D'HUILE AVANT LE SHAMPOING

1. Choisissez une huile végétale si possible locale et bio. Une huile de type olive ou tournesol convient tout à fait mais, en fonction de vos besoins, vous pouvez préférer l'huile de noisette, d'amande ou de pépins de raisin.
2. Régulièrement, environ une fois par semaine, enduisez vos longueurs d'huile végétale jusqu'à saturation.
3. Laissez poser au moins 1 heure ou, si possible, toute 1 nuit (mettez une serviette de toilette sur votre oreiller pour le protéger).
4. Après le temps de pose, faites deux shampoings (solides ou faits maison) afin de bien rincer et d'éliminer le surplus d'huile. Vos cheveux sont nourris et gorgés d'huile protectrice. Cela leur évite d'être secs et limite l'apparition de fourches.

DÉMÊLANT, LISSEUR D'ÉCAILLES, APRÈS LE SHAMPOING

Dans une petite bouteille, mettez 1/3 de vinaigre de cidre bio et 2/3 d'eau. Ou, autre solution, récupérez une bière éventée (de fin de soirée !) et offrez-lui une seconde vie.
Après le shampoing, en dernière eau de rinçage, versez le mélange eau-vinaigre de cidre (ou la bière) sur vos cheveux. L'odeur peut vous déstabiliser les premières fois mais n'ayez crainte, elle disparaît totalement au séchage. Le vinaigre lisse les écailles des cheveux, les démêle et les rend doux et souples. Quant à la bière, elle rend vos cheveux plus beaux et plus souples, et ses principes actifs stimulent la pousse.

MASQUE À LA BANANE OU À L'AVOCAT TROP MÛRS

Bien qu'ils viennent de loin, une banane ou un avocat trop mûrs peuvent se révéler très EcoloMiques si vous les trouvez à bas prix car ils sont déjà abîmés (de plus en plus de commerçants et de grandes surfaces proposent des bacs « antigaspi »). Des déchets en moins pour la poubelle de votre revendeur et une ressource en plus dans votre salle de bain !

1. Écrasez grossièrement la banane ou l'avocat.
2. Ajoutez 1 cuillère à soupe de miel de votre petit apiculteur et 1 cuillère à soupe d'huile végétale bio locale.
3. Mixez le tout et appliquez sur votre chevelure mouillée et préalablement shampouinée.
4. Laissez poser au moins 15 minutes, puis rincez abondamment.

Astuces

- Effectuez régulièrement une coupe de quelques centimètres pour éviter les pointes fourchues et stimuler la pousse.
- Si vous avez les cheveux longs, mettez quelques gouttes d'huile végétale sur vos pointes et réalisez une tresse pour passer la nuit. Cette coiffure protégera vos cheveux de l'emmêlement et des fameux frottements qui créent les fourches.
- Vous pouvez aussi dormir sur une taie d'oreiller en soie afin de mieux protéger vos cheveux des frottements.
- Réduisez la fréquence des shampoings : c'est également une solution EcoloMique à envisager pour le bien de vos cheveux (et pas qu'eux !). D'une manière générale, nous nous lavons bien trop souvent les cheveux !

COTONS lavables

Fil de coton • Ciseaux
Machine à coudre ou aiguille

Pour moi, utiliser des cotons lavables, c'est l'un des premiers gestes à faire dans une démarche de réduction des déchets. Écologiques et économiques, ils sont si mignons dans la salle de bain ! Ils sont parfaits pour se démaquiller, nettoyer son visage et débarbouiller les enfants. Lavés directement en machine, ils ne prennent pas de place dans le tambour et n'utilisent donc pas plus d'eau que celle de votre lessive habituelle. Et ils sont super faciles à faire soi-même.

CE QU'IL VOUS FAUT

- Du tissu en coton (ancien drap, par exemple)
- Du tissu-éponge en coton (de type serviette de toilette ou peignoir) ou du tissu en laine polaire (ancienne écharpe, veste ou couverture)

1. Découpez des carrés de 10 cm par 10 cm dans les deux types de tissu (drap et serviette-éponge ou polaire).
2. Placez un carré de chaque type l'un sur l'autre, endroit contre endroit. Cousez le tour du carré en vous arrêtant 2 cm avant la fin du tour complet.
3. Utilisez l'ouverture de 2 cm pour retourner votre travail.
4. Cousez à 2 mm du bord, un point droit sur tout le tour de votre carré. C'est tout !

Astuces

- Si vous préférez les acheter, choisissez-les avec des tissus issus du réemploi, votre impact en sera bien meilleur.
- Si possible, faites travailler une petite couturière locale plutôt qu'une grande enseigne.
- Ils devraient vous coûter 1 € pièce environ et ils seront très vite rentabilisés, comparés à vos anciens cotons jetables ultra-polluants.

TISSUS W.-C.

Fil de coton • Ciseaux • Machine à coudre ou aiguille

J'ai confectionné il y a plusieurs années des tissus W.-C. qui nous servent à remplacer le papier toilette jetable, et nous en sommes tous les quatre très contents. Mais comment en suis-je arrivée à cela ?

Un jour je me suis dit deux choses :
– j'en ai marre de mettre à l'un des endroits de mon corps les plus sensibles aux perturbateurs endocriniens, aux irritations et aux mycoses, et ce, dix fois par jour, un truc dont je ne maîtrise ni la provenance, ni l'exacte composition (la cellulose blanchie au chlore, non merci !) ;
– j'en ai marre de consommer cet objet jetable, tellement indispensable que si on n'en a plus, on doit courir en racheter ! Ce papier W.-C. toujours emballé pollue l'eau potable, nécessite d'utiliser du coton venant de loin et est très gourmand en eau, en engrais et en pesticides… De plus, il pèse bien lourd dans le budget familial… Bref : j'ai passé un cap et – une fois n'est pas coutume – toute ma famille avec !
Je nettoyais déjà les fesses de mes enfants avec des cotons lavables et, pour le change, je leur mettais des couches lavables, alors je me suis dit que, dans le fond, je pouvais faire pareil pour moi. Et je me suis lancée !

CE QU'IL VOUS FAUT

- Du tissu fin en coton (ancien drap, par exemple)
- Du tissu-éponge en coton (de type serviette de toilette ou peignoir)

1. Découpez des rectangles de 10 cm par 15 cm dans les deux types de tissu (drap et serviette-éponge).
2. Placez deux rectangles de chaque type de coton endroit contre endroit.
3. Cousez le tour en vous arrêtant 2 cm avant la fin du tour complet.
4. Utilisez l'ouverture de 2 cm pour retourner votre travail.
5. Cousez à 2 mm du bord, un point droit sur tout le tour de votre rectangle.

À savoir

- Si vous avez une machine à coudre qui le permet, surjetez tout le tour de vos deux rectangles posés l'un sur l'autre envers contre envers (voir photo p. 67).
- Nous n'utilisons nos tissus W.-C. que pour les pipis et nous avons du papier toilette classique pour les selles ou pour les invités qui le souhaitent.
- Comptez 50 tissus par personne vivant dans votre foyer afin d'avoir un roulement correct entre deux lessives.
- Pour stocker les tissus avant lavage, j'utilise une petite poubelle de toilette (avec un seau à l'intérieur). Cela peut attendre plusieurs jours avant que je fasse une machine appropriée (linge de maison, serviettes de bain, gants de toilette…). Cela ne sent strictement rien ! En pratique, je prends le seau intérieur de la poubelle et je le vide par le hublot du lave-linge sans toucher les tissus W.-C. J'ajoute un verre de percarbonate de soude dans le tambour et je mets le reste du linge de maison. Je lance un cycle à 40 °C ou à 60 °C, avec un verre de lessive à la cendre (voir p. 78) dans le bac à lessive et un verre de vinaigre blanc (voir p. 82) dans celui de l'adoucissant.

edding 2000

BOULES de bain

Saladier • Cuillère à soupe • Spray (si possible) • Moule en plastique relativement souple (évitez les moules en silicone, les boules ne se démouleraient pas)

Que ce soit pour prendre soin de soi, pour mieux maîtriser la composition des boules de bain (celle des boules industrielles est parfois mystérieuse) ou pour alléger son budget, réaliser ses propres boules de bain relaxantes est une vraie solution EcoloMique. Vous pourrez, grâce à elles, vous délasser dans un bon bain chaud, légèrement coloré et parfumé, aux propriétés relaxantes, apaisantes, adoucissantes, hydratantes et/ou nourrissantes...

Véritablement idéales pour épater vos enfants, vous pouvez aussi les offrir à votre amoureux(se) pour la Saint-Valentin ou à un membre de votre famille pour Noël dans un panier garni 100 % fait maison par exemple. Inutile de rappeler, toutefois, que l'eau est un bien rare... on n'est pas obligé de prendre un bain tous les jours, non plus!
Pour parfumer vos boules de bain, vous pouvez mettre de la cannelle, de la vanille déjà épuisée, de la mauve, de la lavande, de la camomille, des fleurs de soucis (calendula), des pétales de rose, du cacao en poudre, du café soluble, des huiles essentielles (attention avec les huiles essentielles: demandez conseil à votre pharmacien car certaines d'entre elles présentent des contre-indications). La seule limite c'est votre imagination!

INGRÉDIENTS

- 3 c. à soupe de fécule de maïs (environ 40 g)
- 3 c. à soupe de bicarbonate de soude (environ 50 g)
- 2 c. à soupe d'acide citrique (environ 30 g)
- 1 c. à soupe d'huile végétale d'amande douce, d'olive, de noisette, de tournesol ou autre (environ 20 g)
- Au choix, un ou plusieurs ingrédients parmi ceux-là : 1 c. à café de betterave en poudre ou de colorant alimentaire, du marc de thé ou d'infusion séché, des fleurs séchées, de la poudre d'agrumes (voir p. 36) ou des algues déshydratées (facultatif)

1. Mélangez tous les ingrédients secs dans un saladier.
2. Ajoutez l'huile et mélangez de façon à obtenir une préparation homogène. Au besoin, ajoutez une ou deux pulvérisations d'eau à votre préparation. La texture ne doit surtout pas être mouillée, mais au contraire juste humide pour pouvoir s'agglomérer quand on la tasse.
3. Ajoutez, selon vos envies, la poudre colorante d'épluchures de betteraves déshydratées, le colorant alimentaire, le marc (de thé, de café ou d'infusion), les fleurs, les morceaux d'écorces d'agrumes ou les algues déshydratées. Mélangez.
4. Transférez la préparation dans votre moule en plastique « souple » en prenant soin de bien la tasser. Si ça fait des bulles, c'est que vous l'avez trop humidifiée. Si la poudre ne s'agglomère pas ou se fissure, c'est qu'elle est trop sèche.
5. Laissez sécher pendant 24 heures, puis démoulez. Laissez de nouveau sécher 24 heures.
6. Conservez vos boules de bain dans un bocal hermétique.

Astuce

- Afin de ne pas boucher l'évacuation d'eau de votre baignoire (si vous avez mis des fleurs ou du marc de thé dans vos boules de bain), placez un filtre à évier ou une passoire à mailles fines au-dessus de la bonde avant de vider l'eau. Compostez ce que vous aurez récupéré dans la passoire.

Huile d'
Amande Douce
Mauves

Bicarbonate de
soude alimentaire
Faites vous-même
vos produits
ménagers
Poudre de
Betterave
Mauves
Calendula
1 kg

MAISON ET LOISIRS

LINGETTES LAVABLES multi-usages

Saladier • 2 bols • Cuillère à soupe • Boîte hermétique ou bocal à joint

Pré-imprégnées, pratiques et rapides, les lingettes jetables multi-usages sont LE produit ménager qui nous sort de bien des situations. Oui mais voilà, elles sont loin d'être EcoloMiques ! Pour qu'elles le soient, il suffit de passer des lingettes jetables aux lavables. Que ce soit pour nettoyer le plan de travail de la cuisine, la robinetterie de la salle de bain, la chaise haute du bébé ou une tache sur le sol, vous serez bientôt accro à ces lingettes, tant elles sont pratiques et efficaces. En effet, elles sont nettoyantes, désinfectantes, anticalcaires, antifongiques et parfaitement adaptées au contact alimentaire.

Pour les fabriquer, il vous faut des carrés de tissu d'environ 20 cm de côté que vous surfilez sur les côtés, ou bien de vieux mouchoirs dénichés dans une recyclerie, un vide-grenier ou chez Emmaüs (voir « Lingettes lavables 3 en 1 », p. 56). Après utilisation, il vous suffira de les jeter dans le tambour de la machine à laver avec votre linge de maison, au lieu de les jeter à la poubelle !

CE QU'IL VOUS FAUT

- Carrés de tissu en coton de 20 cm de côté
- 200 ml d'eau chaude (pas bouillante)
- 200 ml de vinaigre blanc (voir p. 82)
- 2 cuillères à soupe de savon noir liquide
- 10 gouttes d'huiles essentielles d'arbre à thé *(tee trea)* par exemple (attention avec les huiles essentielles : demandez conseil à votre pharmacien car certaines d'entre elles présentent des contre-indications).

1. Dans un bol, diluez le savon noir liquide dans l'eau chaude.
2. Dans le second bol, versez l'huile essentielle dans le vinaigre blanc.
3. Dans le saladier, versez le contenu du premier bol puis celui du second en prenant soin de bien mélanger.
4. Jetez-y une à une les lingettes lavables et laissez-les s'imprégner un petit instant.
5. Sortez les lingettes de leur lotion nettoyante en les pressant une à une. Ne laissez pas trop de liquide sur les carrés de tissu afin qu'ils ne fassent pas de traces au séchage, après utilisation.
6. Placez les lingettes pré-imprégnées les unes au-dessus des autres dans leur contenant hermétique.

Astuce

- Vous pouvez conserver vos lingettes à l'abri de la chaleur et de la lumière, durant au moins 2 à 3 mois.
- Si vous le voulez, vous pouvez stériliser vos lingettes, une fois qu'elles sont propres et sèches, en leur passant un coup de vapeur de votre fer à repasser.
- Le liquide restant dans le saladier après essorage des lingettes, peut être conservé pour la prochaine imprégnation ou utilisé tout de suite pour nettoyer les W.-C. ou la salle de bains.

NETTOYANT pour lave-vaisselle

Robot mixeur

Voici ma petite recette EcoloMique efficace pour décrasser et entretenir mon lave-vaisselle. Comme toujours, j'ai voulu que cette recette soit simple, rapide, avec très peu d'ingrédients, et surtout des ingrédients de base, facilement accessibles ! Le citron est naturellement dégraissant, désodorisant, désinfectant, antibactérien et anticalcaire.

Astuces

- Ce produit nettoyant se conserve au moins une semaine au réfrigérateur.
- Vous pouvez utiliser un citron qui a déjà servi (par exemple, à l'issue d'un repas de famille où vous pouvez récupérer les quartiers de citron de vos invités dans leur assiette).
- Le sel peut également être issu du réemploi, à la suite de vos salaisons maison par exemple (voir « Viandes séchées maison » p. 32).
- Utilisez du vinaigre blanc alimentaire comme liquide de rinçage et du gros sel alimentaire comme sel régénérant.

INGRÉDIENTS

- 1 citron bio
- 2 cuillères à soupe de gros sel de cuisine

1. Enlevez les deux extrémités du citron et ses pépins.
2. Coupez-le en petits morceaux en laissant la peau.
3. Mettez les morceaux dans un robot mixeur assez puissant, avec les 2 cuillères à soupe de sel.
4. Mixez pendant 3 à 5 minutes. Le but est d'avoir un minimum de morceaux.
5. Avant de lancer le lave-vaisselle, nettoyez bien ses filtres.
6. Placez le mélange sel-citron dans le compartiment à pastilles du lave-vaisselle et faites tourner celui-ci à vide sur le programme le plus intensif (long et chaud) qu'il possède.

LESSIVE MAISON à la cendre

Verre doseur • Vieille casserole • Louche • Chinois (passoire à mailles fines) • Entonnoir • Bouteilles en verre

LA lessive maison, naturelle, efficace, issue du réemploi d'une matière non utilisée et totalement gratuite… bref, EcoloMique ! Il y a six ans, suite à de nombreux échecs de recettes de lessive maison, j'ai eu l'idée d'utiliser la cendre, comme on le faisait autrefois, pour créer ma lessive. J'avais plein d'*a priori*, d'angoisses et d'incertitudes avant de me lancer. J'avais peur pour l'odeur et surtout, j'avais peur pour mon linge blanc…

Aujourd'hui, nos vêtements sont parfaitement propres, pas d'odeur, pas de grisaillement, et les personnes de notre entourage qui ignorent que notre lessive est faite de cendre ne l'ont tout bonnement jamais remarqué. J'ajouterai même que mon linge est mieux entretenu qu'avant, grâce au vinaigre blanc comme adoucissant et au percarbonate de soude comme blanchissant.

À savoir

Je décommande fortement l'utilisation de lessive maison faite à base de savon de Marseille, quelle que soit la recette. En effet, ce savon se resolidifie toujours un peu plus loin dans le cycle de l'eau et encrasse le linge, la machine et même les canalisations ce qui, à terme, peut-être très problématique.

Lessive à
la cendre

INGRÉDIENTS

- Cendre de bois (pas de cendre de granulés)
- Eau (de pluie, de préférence, ou du robinet)

La recette est d'une simplicité enfantine et, même si elle se fait en 2 temps (à 3 jours d'intervalle), elle est vraiment rapide à réaliser.

1 Versez 1 verre doseur de cendre (préalablement tamisée à l'aide d'un chinois) dans un fait-tout ou une grande casserole. Ajoutez 2 verres doseurs d'eau et mélangez bien.
2 Faites chauffer le mélange.
3 Quand il est chaud, coupez le feu.
4 Remuez un peu et laissez saponifier pendant 3 jours en mélangeant de temps à autre. Au bout de ce temps de repos, vous pouvez filtrer votre lessive.
4 Placez un entonnoir dans une bouteille en verre et positionnez un chinois par-dessus l'entonnoir. Versez le mélange eau + cendre dans le chinois pour le filtrer.
5 Laissez votre lessive décanter : vous obtiendrez un liquide jaunâtre.
6 Utilisez l'équivalent d'un petit verre à moutarde dans le compartiment à lessive de votre machine à laver. Cette lessive se conserve littéralement des mois, à température ambiante, dans des bouteilles en verre.

Astuces

- Vous pouvez également fabriquer votre lessive en remplaçant la cendre par 50 feuilles de lierre grimpant (les vieilles feuilles, bien grosses, bien vertes) ! Froissez les feuilles avant de les mettre dans 1 l d'eau bouillante de façon à dégager la saponine, puis le procédé est le même. En revanche, cette lessive ne se garde que 3 semaines ou 1 mois au frigo.

VINAIGRE BLANC mariné multi-usages

Bocaux à joint • Couteau ou ciseaux • Chinois ou passoire à mailles fines • Entonnoir

Le vinaigre blanc, cet indispensable de la droguerie EcoloMique, est essentiel au ménage écologique. Qu'il soit pour la cuisine ou ménager, on peut le parfumer de multiples façons afin d'élaborer des produits ménagers toujours plus agréables à utiliser.

Personnellement, je n'utilise que le vinaigre blanc alimentaire. Il est dix fois moins cher que le ménager et, comme il est moins fort, je le trouve moins agressif. Il est néanmoins largement assez efficace pour être utilisé comme adoucissant dans la machine à laver, comme liquide de rinçage dans le lave-vaisselle ou comme ingrédient principal de mon produit multi-usages.
Grâce à sa forte capacité d'extraction des arômes, il est idéal pour réemployer certaines ressources (d'autres appellent ça des déchets, quelle idée !) de notre cuisine.

INGRÉDIENTS

- 1 l de vinaigre blanc alimentaire
- Ressources ayant déjà servi : écorces d'orange, de citron, de pamplemousse ou d'autres agrumes, épices entières récupérées dans des préparations précédentes (bâton de cannelle, gousse de vanille, badiane, cardamome, fève tonka...), fleurs odorantes (lavande, rose, bourgeons de sapin...), herbes aromatiques (menthe, citronnelle, mélisse...).

1. Remplissez un bocal d'ingrédients odorants en fonction des ressources dont vous disposez.
2. Couvrez à hauteur de vinaigre blanc alimentaire.
3. Secouez et laissez macérer au moins 2 à 3 semaines en remuant de temps en temps.
4. Au bout de ce temps, filtrez votre préparation au chinois et récupérez votre vinaigre parfumé.
5. Vous pouvez ensuite l'utiliser dans vos recettes de produits ménagers (voir « Lingettes lavables multi-usages », p. 74) ou en remplacement de vos produits adoucissants.
6. Pensez à bien étiqueter votre « vinaigre arrangé » (voir p. 94) afin de ne pas avoir de surprise !

Astuce

• Diluez 10 gouttes d'huile essentielle de citron *(Citrus limonum)* dans 300 ml de vinaigre blanc arrangé (attention avec les huiles essentielles : demandez conseil à votre pharmacien car certaines d'entre elles présentent des contre-indications ; l'huile essentielle de citron est photosensibilisante, rincez-vous bien les mains après usage). Ajoutez 600 ml d'eau à température ambiante. Vous obtiendrez un produit multi-usages, multi-surfaces à moindre coût et, pour qu'il soit encore plus pratique, vous pouvez placer ce mélange dans un pulvérisateur.

Vinaigre macéré
aux écorces
de citrons
1

Vinaigre macéré
aux écorces
de citrons
2

Vinaigre macéré aux écorces d'agrumes
Vinaigre
3

Vinaigre macéré
aux écorces
de citrons
Vinaigre
macéré aux
écorces d'agrumes
3

PRODUIT NETTOYANT et nourrissant multi-usages

Verre doseur • Flacon

Contrairement au produit multi-usages à base de vinaigre blanc et d'eau (voir recette précédente), celui-ci est largement plus adapté aux matières premières que je qualifierais de «vivantes» ou, en tout cas, qui l'ont été un jour. Je pense notamment au bois ou même au cuir ou à la corne. En effet, au sein de mon foyer, nombreux sont les objets en bois. C'est un fait : quand on est dans une démarche écologique qui tend vers le zéro déchet, le minimalisme et le zéro plastique, on se retrouve de plus en plus avec des objets en bois. Que ce soit dans les placards ou dans la construction de la maison elle-même, ces objets en matière «vivante» ne demandent pas le même entretien que ceux en métal, en pierre ou en plastique. Pour répondre à leur besoin de nutrition intense et d'assainissement, j'ai choisi deux ingrédients particulièrement adaptés : l'huile d'olive et le jus de citron – biologiques, si possible, évidemment.

INGRÉDIENTS

- 50 ml d'huile d'olive bio
- 50 ml de jus de citron bio

1. Dans un flacon ou un bocal hermétique, mélangez les deux ingrédients.
2. Le mélange huile-jus de citron est hétérogène (l'huile, moins dense que le jus, reste au-dessus). Il faut donc bien agiter le flacon avant chaque utilisation.
3. Servez-vous d'un linge en coton, que vous laverez par la suite en machine, pour imprégner un peu de produit.
4. Frottez la surface que vous avez à nourrir et à assainir et laissez-la bien sécher et absorber la matière pendant plusieurs jours.

À savoir

- Personnellement, j'utilise ce produit dans mon escalier en bois massif, sur la poutre de la cheminée, les contours des fenêtres, la porte d'entrée ou notre vieux canapé en cuir. Mais aussi pour des éléments plus petits comme des chaussures, un sac à main en cuir chiné, une planche à découper ainsi que tous les ustensiles de cuisine en bois. Je l'utilise notamment pour nourrir une très belle planche à découper en bois d'olivier, créée par un petit artisan menuisier. Ce soin prolonge son espérance de vie.
- Attention ! Si, comme nous, vous utilisez ce produit dans un escalier, prenez garde de bien indiquer visuellement que celui-ci vient d'être nourri. En effet, il sera légèrement plus glissant pendant 1 ou 2 jours.

HUILE
D'OLIVE
BIO
VIERGE EXTRA
100% ITALIE

HUILE
D'OLIVE
BIO
VIERGE EXTRA
Produit pour
nourrir et nettoyer
les boiseries

HUILE
D'OLIVE
BIO
VIERGE EXTRA

PARFUM
de linge

Plat ou plaque à pâtisserie • Rouleaux vides de papier toilette ou d'essuie-tout

100 % issu de la récup', ce parfum de linge, déclinable en plusieurs versions, est délicat, efficace et purifiant. En fonction des ingrédients choisis, vous pouvez même profiter de ses propriétés apaisantes, calmantes, déstressantes ou favorisant l'endormissement. Un parfum de linge à placer directement dans votre garde-robe ou dans les tiroirs de votre commode. Facile et rapide à fabriquer, presque entièrement gratuit, ce parfum de linge est véritablement EcoloMique.

INGRÉDIENTS

- Lavande
- Écorces de clémentines
- Menthe
- Jeunes pousses de pin
- Bâtons de cannelle

1. Récoltez ou récupérez les ingrédients choisis.
2. Mettez-les dans un grand plat en verre ou sur une plaque à pâtisserie et placez-les devant ou sur une source de chaleur douce, dans un endroit bien aéré (soleil, cheminée, radiateur, four en phase de refroidissement).
3. Laissez sécher plusieurs heures.
4. Pendant ce temps, confectionnez les berlingots à l'aide des rouleaux en carton : appuyez sur un point du cercle, à l'extrémité d'un des rouleaux, jusqu'à enfoncer l'équivalent d'un demi-cercle vers l'intérieur du rouleau.
5. Placez vos pouces sur le côté opposé et enfoncez vers le centre du rouleau la seconde moitié du cercle. Vous constituez ainsi le fond du berlingot.
6. Retournez le berlingot et remplissez-le avec les ingrédients secs et odorants.
7. Refermez le haut du berlingot en procédant de la même façon que pour le fond.
8. Si vous le désirez, vous pouvez décorer vos rouleaux à l'aide de dessins ou de rubans.
9. Placez les rouleaux en contact direct avec vos vêtements ou votre linge de maison, ils les parfumeront délicatement durant des semaines.

Astuce

• Si vous le désirez, vous pouvez booster l'effet de vos parfums de linge en appliquant dessus 2 gouttes d'huile essentielle correspondante (lavande, agrume, cannelle, menthe, pin…). La lavande est un puissant antiparasitaire, idéale donc pour faire fuir les mites, par exemple.

4

5

6

7

8

PEINTURE EcoloMique

Casserole • Fouet • Tasse
Cuillère à soupe • Petits pots

Cette recette est tout un symbole pour moi. En effet, je l'ai inventée pour mes enfants, alors qu'ils étaient tout petits. Partant du constat que personne autour de moi n'était capable de me donner la liste des composants d'une peinture pour enfant, je me suis dit que ce serait plus sûr si je la faisais moi-même. Je la voulais saine et sans danger en cas d'ingestion, mais aussi écologique, biodégradable et accessible à tous. C'est pourquoi je l'ai élaborée avec les quatre ingrédients les moins onéreux, présents dans presque toutes les cuisines du monde : l'eau, la farine, le sel et le sucre. Ensuite, je colore cette pâte blanche avec des colorants liquides ou en poudre.

Pour les colorants, vous avez deux possibilités :
– soit des colorants liquides provenant de jus de fruits ou de légumes (betterave, chou rouge, menthe, tomate…), des colorants liquides alimentaires ou des encres ;
– soit des colorants en poudre comme les épices (paprika, curcuma…), les argiles (rose, rouge, verte, jaune, blanc de Meudon…), les poudres de plantes (fleurs, feuilles, algues…), les colorants en poudre alimentaires ou encore le charbon.

Astuce

• Cette peinture se garde plusieurs jours au réfrigérateur mais vous pouvez la réaliser en grosse quantité et la congeler en portions. Le soir précédant votre activité peinture, sortez le nombre de portions qui vous convient et colorez-les juste avant l'utilisation.

INGRÉDIENTS

- 2 tasses d'eau (500 ml)
- 1 tasse de farine (250 ml)
- 4 cuillères à soupe de sucre
- 2 cuillères à soupe de sel
- Colorants

1 Si vous utilisez des colorants faits à partir d'épices ou de plantes, réduisez-les en poudre en les passant au mixeur.
2 Diluez la poudre obtenue dans un peu d'eau : votre colorant est prêt.
3 Dans une casserole, versez l'eau et diluez dedans le sucre et le sel.
4 Faites chauffer et ajoutez la farine en pluie, tout en remuant.
5 Mélangez la préparation de façon homogène.
6 Laissez cuire à feu doux jusqu'à épaississement sans cesser de mélanger.
7 Si vos colorants sont liquides, pensez à faire votre peinture légèrement plus épaisse en prolongeant un peu la cuisson.
8 Quand la préparation est refroidie, vous obtenez une peinture « blanche » que vous pouvez ensuite colorer à votre guise : répartissez-la dans plusieurs pots et ajoutez un colorant par pot.

Paprika
Curcuma
5

8

TISSUS IMPRÉGNÉS de cire d'abeille (*bee wraps*)

Plaque de four • Feuille de papier cuisson • 2 pinces

Depuis des milliers d'années, la cire d'abeille sert à conserver les denrées alimentaires : elle obturait déjà les pots de miel des pharaons. Mes emballages en cire d'abeille – les *bee wraps* –, je les adore. Ils remplacent le film alimentaire et l'aluminium. C'est idéal pour conserver les aliments (le pain et les gâteaux, par exemple), emballer un sandwich, des légumes ou des fruits entamés, recouvrir les plats qui vont au frigo ou au congélateur. Je les prends pour faire les courses chez mon fromager ou sur le marché.

Les *bee wraps* ne sont pas jetables ! Je les lave au *tawashi* (éponge lavable) humidifié d'eau froide et d'une goutte de liquide vaisselle ou de savon de Marseille. Puis, je les fais sécher à l'air libre 24 heures avant de les ranger à plat ou en rouleau.
Ils sont parfaits pour le contact alimentaire grâce à leurs matériaux naturels. En effet, ils sont fabriqués dans un tissu ni trop fin ni trop épais, 100 % coton, bio, de préférence Oeko-tex ou Gots (labels attribués aux tissus écologiques et produits de façon équitable). Je découpe des carrés que je lave et je repasse au préalable.

CE QU'IL VOUS FAUT

- Cire d'abeille
- Carrés de tissu en coton bio de 15, 20 ou 30 cm de côté

1. Mettez la cire d'abeille à chauffer sur la plaque de four, à chaleur douce (100 °C au maximum, afin de ne pas l'altérer).
2. Quand la cire a intégralement fondu, trempez dedans un carré de coton. Puis récupérez-le à l'aide de 2 pinces et égouttez-le bien au-dessus de la plaque.
3. Quand plus aucune goutte de cire ne tombe dans le plat, laissez figer votre *bee wrap* à plat sur une feuille de papier cuisson (que vous réutilisez à chaque confection de *bee wraps*).
4. Attendez que le tissu soit complètement figé et refroidi pour le décoller du papier. Puis, confectionnez de nouveaux *bee wraps,* les uns à la suite des autres en enchaînant les passages dans la cire.
5. Si la cire fige, replacez votre plaque quelques minutes au four. Poursuivez alors vos imprégnations.

Astuces

• Je me procure la cire d'abeille chez mon petit apiculteur local. De ce fait, elle est particulièrement EcoloMique et je peux avoir la juste quantité dont j'ai besoin.

• Personnellement, j'utilise une plaque d'un ancien four qui n'est dédiée qu'à ça. On en trouve très facilement dans les vide-greniers, pour quelques centimes, et même si elle est en mauvais état, ça n'a pas d'importance.

ÉTIQUETAGE

Papier kraft • Ciseaux (crantés ou non)
Crayon ou feutre • Soucoupe • Quelques ml de lait

Quand on fabrique soi-même ses produits, l'étiquetage des bocaux est indispensable pour identifier immédiatement le contenu d'un pot. Mais la problématique de l'étiquetage s'est posée dès le début de mon virage vers le zéro déchet. En effet, comment rendre lisible au premier coup d'œil le contenu de plusieurs dizaines de bocaux ? Entre la cuisine et l'armoire de conserves du jardin… cela en fait plusieurs centaines, en vérité ! Pour bien faire, il me fallait une étiquette bien lisible, qui résiste dans le temps mais qui puisse se décoller facilement et sans frotter dès que j'ai besoin de changer le contenu du pot.

La technique que je vous présente ici peut surprendre au premier abord, mais elle demande bien peu de ressources et voilà six ans que j'étiquette de cette façon. Mes étiquettes faites maison, reconnaissables entre mille, sont devenues ma marque de fabrique et sont désormais nombreuses dans quantité de foyers tournés vers l'écologie. C'est toujours un réel plaisir de les voir se multiplier ainsi ! C'est pour moi le signe d'une astuce simple, efficace, utile et accessible à tous.

Pour les réaliser j'utilise du papier kraft car il est non blanchi, biodégradable et recyclable. Il n'est pas difficile de le trouver issu de la récupération car il sert souvent de calage dans les colis. Mais si vous l'achetez neuf, un rouleau vous durera des années.

1 Découpez vos étiquettes dans le papier kraft en fonction du format dont vous avez besoin. Utilisez des ciseaux cranteurs si vous voulez donner à vos étiquettes un effet plus travaillé.
2 Inscrivez ce que vous voulez sur votre étiquette (contenu, date, recette…) à l'aide d'un feutre ou d'un crayon.
3 Versez quelques gouttes de lait de vache froid dans une soucoupe. Effleurez la surface du lait avec le verso de votre étiquette afin de le mouiller. Apposez l'étiquette sur votre contenant en verre.
4 Et c'est tout ! Votre étiquette tient super bien, sans aucune odeur, même dans le temps. L'écriture ne s'efface pas et elle est bien lisible. Pour enlever une étiquette, il suffit de la faire tremper 1 minute dans l'eau : elle se décolle toute seule. Ainsi, pas de traces de colle horribles à enlever !

Astuce

• En saison, vous pouvez également utiliser l'eau de courgette à la place du lait. En effet, lorsque l'on coupe une courgette, une sorte d'eau suinte à la surface de la courgette. Cette eau peut-être utilisée de la même façon que le lait pour coller des étiquettes.

2

Poudre de
teint
3

4

Poudre de
teint
4

PERMAPOTAGER ET BRICOJARDIN

BOMBES de graines

2 saladiers (1 petit et 1 grand) • Boîte à œufs vide • Cuillère à soupe

Activité ludique et créative par excellence, les bombes de graines sont, idéalement, à réaliser durant le printemps. À faire seul, en famille, entre amis ou à l'école, ce petit atelier permettra de semer des graines dans les jardins autant que dans les esprits. En effet, fabriquer ses bombes de graines est le prétexte idéal, éducatif pour les enfants comme pour les adultes, pour éveiller les consciences écologiques et pacifistes (hé oui, le parallèle entre vraies bombes et bombes de graines est inévitable).

Véritable concentré de graines sauvages et reproductibles, ces bombes sont un allié de taille dans la *green guerilla** qui se profile actuellement. Ces petites boules sont autant d'occasions de reverdir un peu notre paysage toujours plus urbain. Et puis, une parenthèse colorée et joyeuse, source de véritables bienfaits pour la biodiversité, dans ce monde de fous, ça ne se refuse pas. Alors on y va!

CE QU'IL VOUS FAUT

- 1 verre de terreau
- 1 verre de compost
(si vous n'en avez pas, mettez 2 verres de terreau)
- 1 verre d'argile
(ici, de la verte mais n'importe laquelle peut convenir)
- 1 demi-verre de graines en mélange, locales et reproductibles
- De l'eau

1. Dans le petit saladier, mélangez vos différentes graines de fleurs.
2. Dans le grand saladier, versez d'abord le terreau, puis le compost et saupoudrez avec l'argile.
3. Versez les graines dans le grand saladier et mélangez le tout.
4. Une fois le mélange homogène, humidifiez-le légèrement à l'aide de quelques cuillères à soupe d'eau bien incorporées. La quantité d'eau nécessaire dépend de l'humidité de votre terreau et de votre compost. La texture est idéale quand, entre vos mains, vous réussissez à compacter une poignée du mélange sans qu'il se désagrège.
5. Formez des boules uniformes et bien tassées, de la taille d'une balle de golf.
6. Disposez-les dans les empreintes de la boîte à œufs et laissez sécher à l'abri de la chaleur et des rayons directs du soleil, dans un endroit bien ventilé.
7. Les jours suivants, amusez-vous à lancer vos bombes de graines dans votre jardin, sur un terrain en friche ou partout autour de chez vous dans les zones de pousses libres (en dehors des terrains privés).

Astuce

- Plus vos bombes sont sèches et plus vous les lancez fort, plus vos graines vont se répandre loin et en nombre.

---

* La *green guerilla* est une façon de végétaliser la ville, en occupant l'espace public avec des plantations de légumes, d'arbres fruitiers et autres végétaux.

Argile Verte

Argile Verte

Argile Verte

BOULES DE GRAINES pour oiseaux

Casserole ou saladier • 1 cuillère à café et 1 à soupe • Plat et grille à disposer dessus • Supports pour la préparation (coquilles de noix, coquilles d'escargots, pommes de pin, demi-coques d'écorce d'orange, d'avocat ou de clémentines) • En fonction du support choisi, vous pouvez avoir besoin d'une pique pour percer les écorces de fruits, ou de ficelle, pour créer des suspensions

Au début de l'hiver, alors que le froid se fait sentir et que les jardins sont de plus en plus vides, il est temps de penser à nourrir les oiseaux. En effet, les zones de pousse libre à la végétation spontanée, zones herbeuses non cultivées, forêts, mares et populations d'insectes (voir « Hôtels et abris pour auxiliaires », p. 104) se réduisent comme peau de chagrin et il devient urgent et d'utilité publique d'agir, chacun à son niveau, pour endiguer cette extinction de masse. Pour éviter d'utiliser les boules de graines industrielles au filet plastique problématique (ils sont polluants et peuvent se révéler être de véritables pièges pour les oiseaux mais aussi pour d'autres animaux), avec trop de graisse et contenant des graines et céréales souvent traitées et parfois inappropriées, je vous propose une alternative maison.

D'après de nombreuses associations dont la LPO (Ligue de protection des oiseaux), les oiseaux des jardins ont de plus en plus besoin d'assistance pour se procurer, en période de grand froid prolongé, la nourriture nécessaire à leur survie.

Si vous vivez sous un climat rude, voire montagnard, vous pouvez commencer ce nourrissage dès l'automne et le continuer jusqu'à l'arrivée du printemps. Chez moi, le véritable froid n'arrive qu'en toute fin d'année. Bien entendu, je n'attends pas d'avoir besoin de graines pour courir en acheter dans un quelconque magasin. Au contraire! En prévision de cette période, je plante, au printemps et en été, des cultures nourricières pour les oiseaux granivores. Je fais ainsi un stock de graines « plusquebio », saines et Ecolo-Miques (bonnes pour la planète car produites sur place et bonnes pour le portefeuille car quasiment sans coût financier), que j'engrange durant tout l'automne. Ces graines locales, que je laisse volontiers se répandre au sol en saison, constituent, l'hiver venu, une réserve précieuse.

INGRÉDIENTS

- Graines (les plus saines, bio et qualitatives possible)
- Graisse solide, d'origine végétale, si possible à base d'huile de colza (sans huile de coprah ou de palme !) ou, à défaut, une huile de coco, bio, équitable et végan.
- Fruits secs (pommes séchées, raisins secs, abricots déshydratés…)
- Noix et noisettes décortiquées éventuellement

1 Préparez les supports :
– dans le cas de demi-coques d'écorces de fruits, à l'aide de la pique, percez 2 trous diamétralement opposés et passez-y une ficelle afin de pouvoir suspendre cette mangeoire végétale à un arbre ;
– dans le cas d'une pomme de pin, attachez une ficelle à son sommet pour pouvoir ensuite l'accrocher.

2 Dans une casserole, à feu doux ou au bain-marie, faites fondre la graisse végétale. Ajoutez tous les autres ingrédients (si vous souhaitez utiliser du maïs dur, concassez-le avant de l'ajouter à la matière grasse.) Le mélange doit former une matière homogène, majoritairement composée de graines, avec très peu de graisse.

3 Lorsque tous les ingrédients sont bien enrobés d'huile, remplissez les écorces, demi-coques ou coquilles et enrobez votre pomme de pin avec un maximum de graines.

4 Laissez égoutter vos créations sur une grille au-dessus d'un plat.

5 Une fois la graisse figée, installez vos boules de graines dans différents endroits de votre jardin, toujours en hauteur, à l'abri des prédateurs (notamment des chats).

Astuces

- La matière grasse est juste un liant qui permet à la préparation de se solidifier. L'essentiel du mélange doit être constitué de graines. Les apports nutritifs y sont nombreux et ont un grand intérêt pour les oiseaux.
- Pour le mélange de graines, céréales, fruits secs et fruits séchés, l'idéal est d'avoir un tiers de graines (tournesol, par exemple), un tiers de céréales (avoine, par exemple) et un tiers de fruits séchés (raisins secs, par exemple). Voici quelques autres graines et céréales qu'affectionnent les oiseaux granivores : l'amarante, l'aster, la centaurée noire, le chénopode blanc, le cosmos, les graminées sauvages, l'œillet d'Inde, le maïs dur (qu'il faudra concasser), l'aneth ou bien encore la blette, la betterave ou la carotte qu'on laisse monter en graines.
- N'oubliez pas de mettre de l'eau à côté des mangeoires et de la renouveler souvent afin qu'elle ne croupisse pas ou ne gèle pas.
- Les oiseaux apprécient également de pouvoir picorer une pomme fraîche suspendue à un arbre.

HÔTELS ET ABRIS pour auxiliaires

Que ce soit pour abriter des insectes, des mammifères, des oiseaux, des reptiles ou encore des batraciens, il est question ici d'accueillir la microfaune, auxiliaire de la (du) permapotagiste. Les intérêts sont multiples :
– favoriser un équilibre de biodiversité,
– faciliter la pollinisation de nos fleurs de jardins et de celles de potagers,
– ne pas se laisser dépasser par ce que l'on pourrait communément nommer les nuisibles. Il s'agit donc de s'intéresser aux moyens de lutte biologiques, autrement dit de trouver l'ennemi naturel, le prédateur, des espèces que l'on ne souhaite pas voir croître en surnombre. Le but n'est pas d'implanter les auxiliaires mais bien de favoriser leur installation spontanée. Pour cela, les maîtres mots sont biodiversité, absence de traitements, développement de lieux de gîte et… patience !

Dans cette optique, comment pouvons-nous multiplier de façon EcoloMique les lieux de préservation de la biodiversité ? Ici, pas besoin d'être une grande bricoleuse (ou un grand bricoleur) ni de disposer de grandes ressources (que ce soit en termes de temps ou d'argent) pour fabriquer un hôtel à insectes 5 étoiles. Il suffit parfois d'être astucieuse et dotée d'un esprit de récupération à toute épreuve pour faire des merveilles !
N'oubliez pas que ce n'est pas parce que vous n'avez pas de jardin que vous ne pouvez pas agir ! Autour de vous, peut-être y a-t-il des personnes qui en ont un et voudraient profiter de vos petits bricolages pour favoriser la biodiversité de leur domicile ? Peut-être votre hôtel à auxiliaires sera-t-il le bienvenu sur votre lieu de travail, à l'école de vos enfants, dans un jardin partagé ou une maison de retraite… En bref, végétalisez et aménagez pour un maximum de biodiversité !

AUBERGE DE LA CAGETTE

Paille ou foin • 2 cagettes en bois dont l'une est plus petite que l'autre

1. Remplissez de paille ou de foin la plus petite des deux cagettes.
2. Refermez-la en l'encastrant dans la plus grande, son fond étant orienté vers le haut
3. Placez ce sandwich d'herbes sèches, au sol, dans un endroit pas trop humide.

HÔTELLERIE DE LA CAISSE À VIN

Caisse à vin en bois • Grillage à poulailler
Agrafeuse à bois et agrafes • Écorces de bois

1. Remplissez la caisse d'écorces diverses et variées.
2. Agrafez sur le pourtour de la caisse du grillage à poule pour la refermer.
3. Positionnez cette caisse sur l'un de ses côtés, dans un coin abrité du jardin.

HÔTEL DU PETIT POT

Petit pot en terre cuite • Cordelette ou ficelle • Pomme de pin
Cheveux (non colorés, entretenus avec des produits naturels)

1. Nouez la cordelette à la pomme de pin.
2. Récupérez une poignée de cheveux (ou de poils d'animaux non traités) sur votre brosse et mettez-la dans le fond du pot en terre cuite.
3. À travers les cheveux, passez la cordelette par le trou du pot, la pomme de pin étant posée sur les cheveux.
4. Retournez le pot et suspendez-le à l'envers dans un arbre à l'aide de la corde. La pomme de pin maintient les cheveux dans le pot.

GÎTE DU TRONC CREUX

Tronc d'arbre creux ou briques creuses
ou panier en osier • Pommes de pin

1. Remplissez généreusement la cavité de votre support de pommes de pin de toutes les tailles.
2. Abandonnez votre élément naturel farci de pommes de pin, dans un coin du jardin où il y a peu de passage.

THE BAMBOO LODGE

Tronçons (de 10 cm de long) de bambou,
de canne de Provence ou de roseau creux • Ficelle

1. À l'aide de la ficelle, liez les tronçons par 10 ou par 20.
2. Suspendez ces petits fagots dans tous les arbres du jardin grâce à la ficelle qui les maintient.

À savoir

• Gardez bien à l'esprit que tout lieu de biodiversité restera vide si vous n'offrez pas le gîte ET le couvert (voir « Bombes de graines », p. 98 et « Boules de graines », p. 100). Veillez également à apporter de l'eau fraîche et saine, disponible en toute saison, pour aider vos petits invités à supporter la chaleur en été et le gel en hiver.

ABRI pour hérissons

1 ou 2 cagettes en bois de récup'
Branchages • Feuilles mortes

Fabuleux auxiliaire du permaculteur, le hérisson (comme tous les autres mammifères de la microfaune) a toute sa place au permapotager. Pour l'inciter à y résider, il suffit de lui fournir le gîte et le couvert ! En ce qui concerne le couvert, il se débrouillera tout seul pour trouver des limaces et autres gastéropodes, et sera ainsi un merveilleux moyen de lutte biologique contre les dévoreurs de salade ! Pour le gîte, rien de plus simple, rapide et gratuit, bref, EcoloMique : construisez-lui un abri !

1. Dans votre jardin, choisissez un lieu où il y a le moins de passage possible, idéalement abrité du vent et de la pluie par une haie, et à proximité d'un lieu riche en biodiversité. Évitez les abords de route ou de champs traités.
2. Installez-y une cagette (ou deux cagettes l'une dans l'autre, votre abri sera plus résistant).
3. Remplissez-la de feuilles mortes et retournez-la, le fond vers le ciel.
4. Recouvrez la caisse en bois de feuilles et de branchages de manière à former un tipi tout autour.

Astuce

• Une cavité laissée en bas de votre tas de bois, légèrement isolée du sol, peut également faire l'affaire.

2

3

4

ENGRAIS EcoloMique

Couteau • Mixeur • Arrosoir

Composée de déchets de cuisine, cette mixture a tout de l'engrais spécial coup de boost par excellence et elle est très EcoloMique. Vous pourrez réaliser cet amendement pour le sol et vos plantes en moins de 5 minutes, sans dépenser d'argent. Ultra-riche en éléments nutritifs, cet engrais azoté sera rapidement assimilable par la vie du sol et fortifiera rapidement vos cultures (voir photo ci-contre !).

INGRÉDIENTS

- 1 bol d'eau (récupération d'eau de cuisson des légumes)
- 1 bol d'épluchures (fruits et légumes locaux et bio)
- 1 bol de peaux de bananes bio
- 1 bol de marc de café
- 1 bol de marc de thé ou d'infusion
- 1 verre d'urine (facultatif)

1 Dans un mixeur, mettez tous vos déchets de cuisine (eau de cuisson, épluchures de fruits et de légumes, marcs divers…).
2 Mixez finement tous les ingrédients.
3 Versez la mixture dans un arrosoir de 10 l.
4 Ajoutez, si vous le désirez (et que vous n'avez pas de traitement médicamenteux), l'équivalent d'un verre d'urine et complétez avec de l'eau jusqu'en haut de l'arrosoir.
5 Arrosez immédiatement vos plantations, directement sur le sol.
6 Renouvelez cet arrosage au maximum une fois par mois.

Astuces

- N'utilisez cet engrais que sur un sol suffisamment humide, mais pas détrempé non plus, où la végétation est présente.
- Veillez à bien maintenir l'humidité au sol grâce à un paillage (voir p. 116) ou à un couvert végétal.

POMMES de terre sur pelouse

Arrosoir

Comment produire ses propres pommes de terre sans travailler son sol, sans le retourner ou le bêcher, sans même creuser, et, par la suite, sans les butter, sans les ramasser à la fourche et même, cerise sur le gâteau, sans avoir à les nettoyer ? Réponse : en cultivant ses pommes de terre sur pelouse ! Chaque année depuis six ans, je produis les pommes de terre de cette façon et je ne regrette jamais de choisir la facilité.

CE QU'IL VOUS FAUT

- Pommes de terre germées (bio)
- Compost
- Herbe tondue
- Paille ou foin

Non contente de produire des pommes de terre pour ma famille, sans fournir d'efforts ou presque, je me réjouis de cette technique de culture pour la planète. En effet, grâce à notre « consommation » de pelouse fraîche, nous récupérons la tonte de pelouse de tous nos voisins proches et évitons ainsi des allers-retours en voiture à la déchetterie.

Écologique, économique, 0 déplacement en voiture, 0 déchet en déchetterie, rapide, simple, net, efficace ! Un vrai bonheur !

Si, comme beaucoup de personnes, vous êtes sceptique sur cette technique de culture des pommes de terre, faites un premier test avec une dizaine de tubercules seulement. Vous serez forcément surpris du résultat et épaté par les facultés d'adaptation de cette culture.

Astuce

- Pour diversifier les plaisirs, les goûts et les couleurs, choisissez différentes variétés de pommes de terre ! Vous étendrez la période de culture et de récolte et multiplierez vos chances de récoltes abondantes car toutes les sortes de pommes de terre ont leurs caractéristiques, leurs résistances ou leurs faiblesses face aux maladies et aux ravageurs. Pour vous donner un ordre d'idée, chez moi, au permapotager, je plante chaque année un minimum de dix variétés différentes, pour une centaine de tubercules.

❶ Placez les pommes de terre bio germées, directement sur votre gazon, espacées de 40 cm les unes des autres.
❷ Épandez du compost au pied de chaque plant de pomme de terre et recouvrez-le de tonte de pelouse fraîche. Prenez garde de ne jamais couvrir de plus de 5 cm pour éviter la montée en température et le pourrissement. Arrosez légèrement et laissez pousser.
❸ Quand les pommes de terre sortent du paillage (voir p. 116) d'environ 10 cm, paillez de nouveau avec de l'herbe fraîche sur 5 cm. Cette étape remplace le buttage.
❹ Renouvelez le paillage autant de fois que nécessaire jusqu'au moment de la récolte (généralement 3 mois après la plantation).
❺ Au moment de récolter vos pommes de terre, tirez simplement sur les pieds (vous n'avez pas à utiliser de fourche ou de grelinette qui risquent d'en transpercer quelques-unes). Vous avez de belles pommes de terre qui, en prime, ne sont pas couvertes de terre!
❻ Triez-les: les plus grosses, non abîmées, vous pouvez les conserver tout l'hiver; les petites ou les rares qui sont abîmées sont à manger en priorité.
❼ Après la récolte, recouvrez le sol de fumier, de compost, de foin ou de paille pour laisser la place nette aux cultures de l'année suivante. Si vous souhaitez replanter des pommes de terre au même endroit, vous pourrez les poser directement sur les restes de paillage de l'année précédente, puis les recouvrir de nouveau d'un peu de compost (ou autre amendement), puis, en alternance, de paillage de pelouse et de paille.

PAILLAGE la solution EcoloMique au permapotager

Foin • Paille • Résidus de tonte d'herbe
Feuilles mortes • Débris de taille • Déchets de culture

Le paillage, qui consiste à recouvrir le sol de débris végétaux (feuilles mortes, herbe coupée…), est LA pratique à mettre en place quand on veut faire du potager au naturel, c'est LE principe de permaculture essentiel et fondamental. C'est ma plus belle découverte depuis que je jardine et je ne reviendrai jamais en arrière tant sa pratique, simple et efficace, facilite vraiment la vie (la nôtre, mais aussi celle du sol) et fait gagner un temps considérable comparé à une culture de potager sur sol nu. En effet, un sol ne doit jamais rester à nu, sauf cas particulier. La vie qui s'y développe et qui est nécessaire se meurt en grande partie quand le sol est à nu (et c'est encore pire quand le sol a été retourné). Le paillage favorise le développement de cette vie du sol, il évite que la terre ne s'assèche et celle-ci s'ameublit naturellement. D'ailleurs, cette pratique s'appelle aussi culture sur sol vivant.

Il y a 1 001 bonnes raisons de pratiquer le paillage.
– À la période estivale, il contribue à maintenir l'humidité du sol, ce qui permet d'arroser nettement moins ! Alors que le soleil tape fortement, les plants résistent bien mieux.
– Quand il fait froid, il maintient la chaleur, en protégeant du froid et du vent.
– Le paillage est une matière organique, il se décompose naturellement grâce à la vie du sol, puis se minéralise grâce à cette dernière : il est donc facilement assimilable par les végétaux qui vont s'en nourrir. C'est un apport enrichissant sur le long terme. Par ailleurs, il limite la prolifération de la végétation indésirable.
– J'utilise l'herbe fraîchement coupée pour faire toutes mes bordures, du permapotager à l'allée, en passant par le tour des arbres ou le pied de la haie, je n'ai presque plus rien à désherber. Et lorsqu'une herbe folle pointe le bout de son nez, elle est super facile à enlever. Vraiment plus facile ! La différence est juste énorme.
– Les récoltes sont également plus faciles. Il y a nettement moins de risque de laisser un morceau de carotte (qui pousse d'ailleurs bien plus droit dans un sol meuble que dans un sol à nu) ou un morceau de fût de poireau en terre dans un sol couvert.
Les pommes de terre sur pelouse, sont si faciles à arracher (elles viennent toutes en grappes) que mes Grumeaux, âgés de 5 et 4 ans, le font eux-mêmes !
– Autre avantage non négligeable, la pratique du paillage est bien moins fatigante et chronophage pour le jardinier que le désherbage et le travail de la terre. En effet, épandre du foin, des feuilles mortes ou de l'herbe, c'est tout de même beaucoup plus simple que de sarcler, biner, retourner, bêcher…
– Effet bonus : je trouve cela bien plus joli, esthétique et agréable qu'un sol nu où les herbes indésirables n'ont qu'une envie, s'installer !

Bref, vous l'aurez compris, pour moi, le paillage c'est le socle sur lequel s'appuie tout le fonctionnement de votre permapotager, assurant un potager et un(e) potagiste en pleine santé. Même si bien entendu, ce n'est pas la seule chose à mettre en place, ça n'en reste pas moins la priorité à mes yeux.

1 Mettez d'abord une couche de paillage brun – foin, paille, copeaux, feuilles mortes, carton brun non traité et non imprimé… – puis une couche de paillage vert – tonte de pelouse, bois raméal fragmenté (BRF) fraîchement broyé, fanes ou autres déchets de cuisine.
2 Recommencez : alternez paillage brun et paillage vert afin d'équilibrer l'apport de surface de votre sol en carbone et en azote notamment. Procédez plus ou moins une couche à la fois mais n'attendez pas non plus que la couche précédente soit totalement décomposée ! Faites aussi selon l'arrivage des matières premières que vous avez à votre disposition.
3 Pratiquez également le compostage de surface (forme de paillage) : laissez au sol, sous le paillage, les fanes de légumes, les herbes indésirables que vous avez arrachées ici et là, les restes de cultures en décomposition, les restes alimentaires et autres déchets organiques ménagers.
4 Dans le cas d'un semis, découvrez le paillage juste à l'endroit où vous souhaitez semer vos graines et, une fois la levée déjà bien avancée (5 à 10 cm environ), vous repaillez tout autour du semis.

Astuce

• Variez les paillages le plus possible. Veillez à amender au mieux les paillages bruns. En effet, les paillages très carbonés vont avoir besoin d'azote pour leur décomposition, vous pouvez combler ce besoin par de la matière organique richement azotée comme le fumier, l'urine ou le sang. Autrement dit : faites pipi au jardin !

SEMIS EN POLYCULTURE sur un même espace

La technique du semis en polyculture consiste à semer en même temps et de manière généreuse, sur 1 mètre carré de surface, un complexe de graines variées. Pour être tout à fait honnête, cette expérience est surtout le fruit d'un peu de fainéantise de ma part mais aussi d'une envie de simplifier les choses, de rentabiliser les efforts, de mutualiser les espaces. En effet, quand on a peu de place, cette technique permet de gagner des mètres carrés et peut faire des merveilles.

Ce test s'est révélé extrêmement concluant : plusieurs fois répétée dans différents endroits, en associant différents légumes, à différentes périodes de l'année, cette technique de culture, efficace, rentable et facile à exécuter ne m'a jamais déçue. En y réfléchissant bien, c'est tellement logique de semer au sol plusieurs variétés de plantes en même temps et au même moment ! C'est ce qui se passe partout, en tous lieux naturels, depuis la nuit des temps.

La clé du succès est de profiter de variétés compatibles, ayant des durées de culture différentes. Ainsi, chaque légume récolté laisse de la place à ceux qui restent, qui grandissent encore un peu. J'avais toutefois peur, avec cette méthode, du déchaussement des légumes racines. En définitive, il est apparu qu'en récoltant mes légumes après une bonne pluie ou un bon arrosage et avec un sol meuble, grâce au paillage périphérique du carré, il n'en est rien !

Mon association préférée est la suivante : salade, radis, carottes et betteraves.
Résultat moyen des récoltes obtenues avec cette association sur un seul mètre carré et durant une période de culture d'environ 6 mois :
- 6 bottes de radis ;
- 12 salades à couper (qui repoussent au fur et à mesure des cueillettes, on en mange au total une quarantaine de fois) ;
- 5 kg de betteraves ;
- 9 kg de carottes.

En effet :
- les radis poussent et sont mangés en 1 mois, voire 2 ;
- les salades poussent en 1 mois et demi sur 5 à 6 mois de récolte continue ;
- les carottes et betteraves primeur arrivent 2 à 3 mois après le semis, lors du second éclaircissage et les récoltes durent jusqu'au printemps suivant (si, comme moi, vous bénéficiez d'hivers doux).

Ces mètres carrés sont de loin les plus productifs de mon permapotager et, chaque année, je renouvelle cette expérience tant elle me plaît et me convient.
Bien entendu l'intérêt est de multiplier les associations. Vous pouvez en essayer d'autres, par exemple :
- radis, mâche, navets, carottes ;
- épinards, panais, céleris-raves, blettes ;
- radis, oignons en bulbes, épinards, carottes.

L'association dite « des 3 sœurs » *(milpa)* est une forme de polyculture : maïs, haricots grimpants et courges, mais la différence, c'est qu'il ne faut pas tout semer en même temps.

Astuces

• Si vous avez peu d'espace, pensez à consommer l'intégralité de vos cultures quand cela est possible !
• Un mètre carré peut à lui seul nourrir quatre personnes sur plusieurs dizaines de repas :
- les radis seront mangés traditionnellement avec du pain, du beurre et du sel et leurs fanes le seront en soupe ;
- plusieurs repas peuvent être faits de salades variées, et des accompagnements de plats sont tout trouvés ;
- les fanes des betteraves sont cuites, une partie en omelette, une autre à la crème par exemple. Les racines de betteraves, quant à elles, seront mangées crues râpées, cuites, incorporées à une pâte de gâteau au chocolat ;
- les fanes des carottes, poêlées au beurre, feront de délicieux cakes salés.

Pas besoin de cultiver des hectares de permapotager quand on tire le meilleur de chaque culture !

EcoloMe

CULTURE D'ENDIVES en poubelle

Outil pour ouvrir un sillon (serfouette, binette, râteau, manche à balai...) • Poubelle noire, opaque, avec son couvercle

Vous avez sûrement compris que chez moi, je ne fais rien comme tout le monde, et que ma grande poubelle de 50 l n'a plus son utilité d'origine. Alors, pour la réemployer j'ai eu cette idée : cultiver à l'intérieur mes propres endives du permapotager. En effet, après avoir été cultivées 4 mois en pleine terre, les endives nécessitent d'être blanchies en étant repiquées dans le noir complet !

Astuce

• Quand vous récolterez vos endives, coupez-les légèrement au-dessus du collet afin de produire une seconde pousse appelée endivette.

CE QU'IL VOUS FAUT

- Graines d'endives
- Terreau
- Eau

1 Sur une parcelle de terre ensoleillée et grelinée, ouvrez un ou plusieurs sillons, distants de 30 cm et profonds de 1 cm.
2 En mai-juin, semez vos graines, recouvrez légèrement de terre et arrosez.
3 Veillez à ce que votre semis ne manque pas d'eau, et ce jusqu'à la levée.
4 Laissez vivre vos endives (plante verte à l'état naturel) jusqu'en automne.
5 D'octobre à novembre, arrachez vos endives et tournez-les : tourner une endive consiste à la raccourcir en l'étêtant à 5 cm au-dessus du collet et 20 cm en dessous. Il faut également couper les petites racines autour de la racine centrale, de manière à former au final, des racines d'endives de la forme d'une fusée.
6 Une fois que vous avez obtenu ces racines d'endives prêtes à être forcées, remplissez à mi-hauteur votre poubelle de terreau.
7 Enfoncez-y vos racines jusqu'à les voir disparaître (seule la partie supérieure au collet doit dépasser).
8 Arrosez-les et fermez le couvercle.
9 Surveillez régulièrement s'il manque de l'eau ou s'il y en a trop (dans ce cas, ouvrez le couvercle la nuit, mais refermez le jour).
10 Attendez de pouvoir récolter vos endives au minimum 4 semaines après le repiquage.

6

7

9

LE SANG DES RÈGLES : l'or rouge du permapotager

Seau • *Cup* • Arrosoir

Avoir ses règles, quelle bonne nouvelle pour ses plantes et son sol ! C'est pour moi une façon nouvelle d'appréhender cette période de mon cycle. Désormais, je l'attends et je m'en réjouis ! Hors de question pour moi de m'en cacher et, tous les 28 jours environ, c'est une nouvelle occasion de lever un tabou qui n'a pas lieu d'être.

Il est grand temps de célébrer son corps, ce corps qui donne la vie, ce sang si précieux, qui indique chaque mois que « tout est normal ». Vous me l'accorderez, à l'origine, ce sang est censé tomber au sol. Alors, tant qu'à vouloir éviter de polluer les eaux usées (l'eau potable de nos W.-C. et de nos lavabos ensuite traitée en station d'épuration mais qui ne redevient JAMAIS potable), autant décider de le réutiliser au jardin ! Ce sang est un excellent amendement, riche en azote organique (14 g minimum d'azote pour 100 g de sang). Il est rapidement minéralisable et donc assimilable par nos plantes, puisqu'il faut moins d'une quinzaine de jours pour qu'il soit assimilé à 100 %.

Le sang de règles est donc un engrais. Vous aurez, de fait, tout intérêt à l'utiliser en début de cycle d'une culture gourmande (pas trop sur les légumes racines, plutôt sur les légumes fruits, les fleurs, les fruitiers et les choux) et sans surdosage.
Cet élément très azoté m'aide donc à équilibrer mon paillage très carboné et à prévenir le manque d'azote. Certains utilisent du sang séché, issu des abattoirs, personnellement j'ai cette ressource sous la main, autant m'en servir !

1. Diluez l'équivalent d'une *cup* dans un arrosoir de 10 l ou récupérez le liquide obtenu après trempage dans un seau d'une serviette hygiénique lavable ou d'une culotte de règles.
2. Avec ce liquide, arrosez vos plantes au maximum une fois par mois (le matin et/ou le soir) et arrêtez un mois avant toute récolte.

À savoir

- Bien sûr, cette dernière astuce ne vaut que quand nous ne sommes pas malades et que nous ne prenons aucun traitement médicamenteux (y compris la pilule).

Donner cette énergie qui quitte mon corps aux légumes qui finiront tôt ou tard en nourriture, et donc en énergie pour mon corps, je trouve que c'est un magnifique cercle vertueux. Comme tout le reste de ce livre, ce n'est qu'une question de bon sens ! Je me réjouis de finir mon premier ouvrage sur cette astuce totalement EcoloMique, bonne pour le permapotager, et de vous adresser ainsi un message de bienveillance envers soi-même et envers les autres, de « *body positive* » et d'acceptation de soi.

Remerciements

À mon mari bien aimé, pour qui chaque idée de plus est un test à subir. À cet homme, mon époux qui, non content d'être mon cobaye, est aussi mon meilleur ami, mon confident, mon épaule, mon relecteur, mon photographe, mon informaticien, mon psychologue et mon garde-fou. Merci à lui de m'offrir la sécurité affective qui me permet de m'épanouir, d'explorer et de créer. Merci pour toutes ces fois où il répare, dépanne, temporise, prend sur lui. Merci aussi à lui de douter parfois (souvent) de mes idées, c'est ce qui me donne le plus envie de lui montrer que c'est moi qui ai bien évidemment (toujours) raison. Merci, mon amour, de supporter tout ça.

À nos enfants, la meilleure source de motivation, d'amour, d'inspiration et de réconfort de l'Univers. Je ne cesserai jamais d'essayer d'être digne de vous.

Merci à moi-même d'avoir l'envie, la force, le courage, l'énergie. Merci à moi d'avoir surmonté tant de difficultés et de manque de confiance en moi. Merci pour cette magnifique revanche de la vie. À moi, l'ancienne enfant en difficulté, sur mon bureau de classe, en retard pour recopier la leçon, alors que tous les autres jouaient dehors durant la récréation. Moi qui ai toujours eu tant de mal, qui ai toujours mis tant de temps à écrire. Ma revanche, je la tiens dans mes mains aujourd'hui. Cette revanche sur mes difficultés, c'est ce livre. Force à vous si vous ne vous pensez pas capable. C'est faux, vous l'êtes !

Merci à ma meilleure amie Aline, qui était à mes côtés pendant les récréations, pour épeler chacune des lettres afin de m'aider à écrire plus vite. Pas étonnant que tu sois devenue professeure, quand on y pense. Merci pour la correction de mes fautes d'orthographe et aussi de mes fautes de choix de vie.

À mes grands-parents, disparus ou non, à qui je dois beaucoup d'être la personne que je suis devenue.

Merci à Olivier, mon ami si précieux, qui m'aide, me guide et m'inspire dans chacun de mes nouveaux projets. Merci pour cette préface qui me touche tellement et merci d'avoir proposé mon nom aux éditions Terre vivante.

Merci à ma famille, à mes ami·e·s. consoeurs/confrères, à tous ceux qui me soutiennent quand c'est parfois difficile d'y voir clair.

Merci à ma photographe Amandine Fahy à qui je dois un tiers des photos de ce livre. Merci pour ton talent, ton écoute et ta patience.

À ma communauté qui me donne tant, sur laquelle je peux toujours compter. Vous êtes les meilleurs ! Merci d'être là, merci de partager mes posts et peut-être aussi ce livre ! Merci de soutenir le contenu de celles et ceux qui vous inspirent. Vos partages, nos échanges font vivre mon travail et progresser ma réflexion.

Merci de m'avoir lue.

Amandine

Déjà parus aux éditions Terre vivante

Le potager d'Olivier
Nourrir sa famille, nourrir son esprit
Olivier Puech

Mon fabuleux jardin en permaculture
Légumes, fruits, fleurs et art de vivre
Marie Chioca

Je démarre mon potager bio
Jean-Paul Thorez et Sandra Lefrançois

Le guide du jardin bio
Potager, verger, jardin d'ornement
Jean-Paul Thorez et Brigitte Lapouge-Déjean

Le sol en permaculture
Enrichir la terre de son jardin
Blaise Leclerc et Jean-Jacques Raynal

Mon petit jardin en permaculture
Durable, esthétique et productif !
Joseph Chauffrey

Je cultive en lasagnes partout et toute l'année
Une technique de permaculture
Brigitte Lapouge-Déjean, Franck David et Serge Lapouge

J'associe mes cultures... et ça marche !
25 mariages de légumes à cultiver
Blaise Leclerc et Jean-Jacques Raynal

Je paille mes cultures
Moins d'arrosage, moins d'herbes indésirables,
des légumes tout propres
Blaise Leclerc et Jean-Jacques Raynal

Achevé d'imprimer en France par l'imprimerie Chirat (Saint-Just-la-Pendue)
N° 202104.0141 - Dépôt légal : mai 2021